正誤表

『田漢と李大釗』に下記の通り誤りがございました。
お詫びして訂正いたします。

	誤	正
１３９頁６行目	田漢（周煒）	田漢（康爍）
１４０頁８行目	康白情（康爍）	〔削除〕

田漢《でんかん》と李大釗《りたいしょう》

田偉
TIAN WEI

論創社

田漢

易漱瑜

上段３人、唯一のスーツ姿兄弟写真（左から田源、田洪、田漢）

田漢夫人、易漱瑜

田漢の伯父易象、字枚臣、号梅園、同盟会会員、1920年 12月、湖南省の軍閥趙恒惕により殺害される

1919年、左より易培基、田漢、易漱瑜、易漱平、蕭石留、西湖にて

田漢、田洪夫妻、湖南にて、姉邵陽、双桂と

1919年、武漢、黄鶴楼、弟と別れる

祖母と田一家（祖母の上、父・田洪。左が次女の田双桂、右が長女の田邵陽）

新中国建立後の画家達

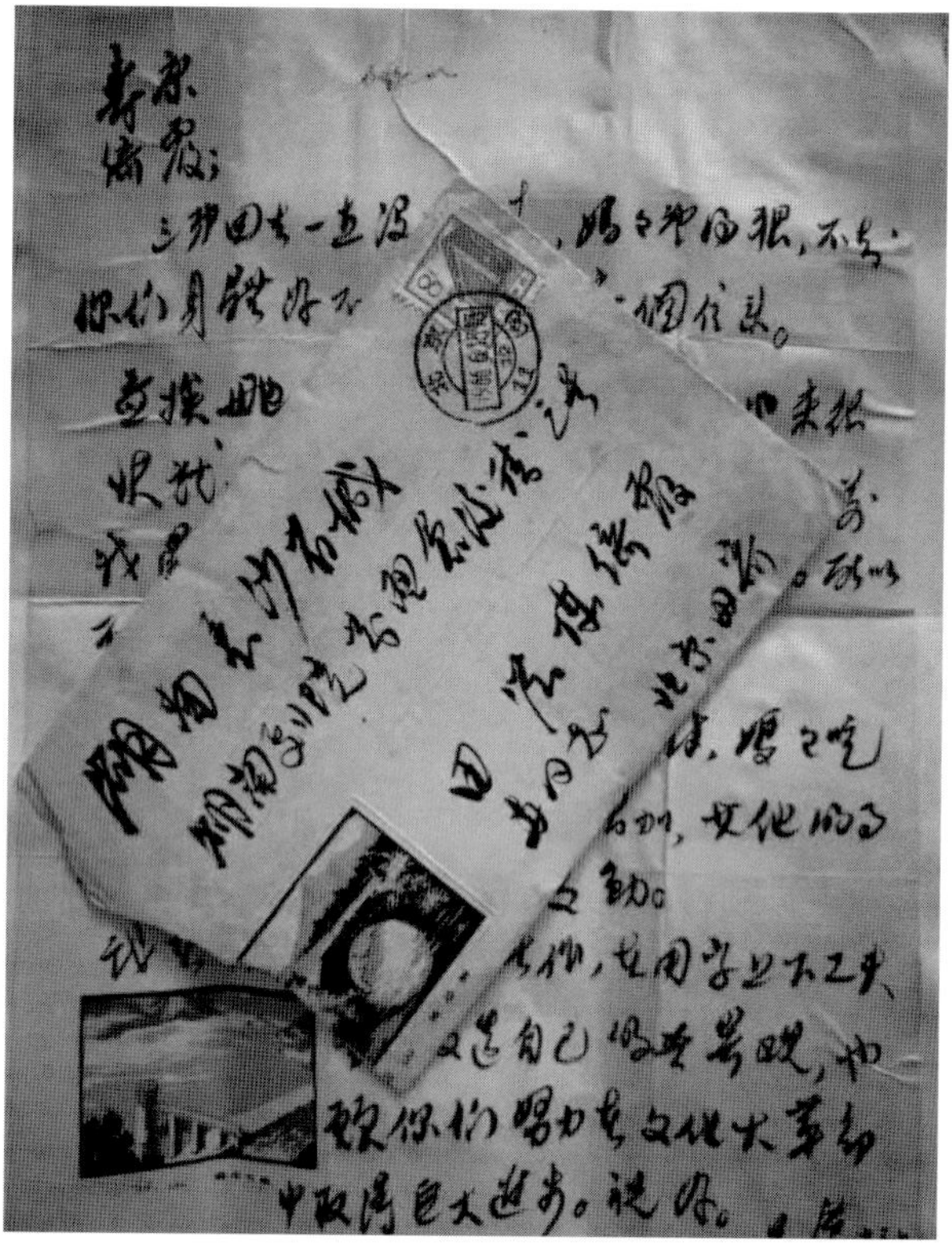

田漢の弟、田洪への手紙

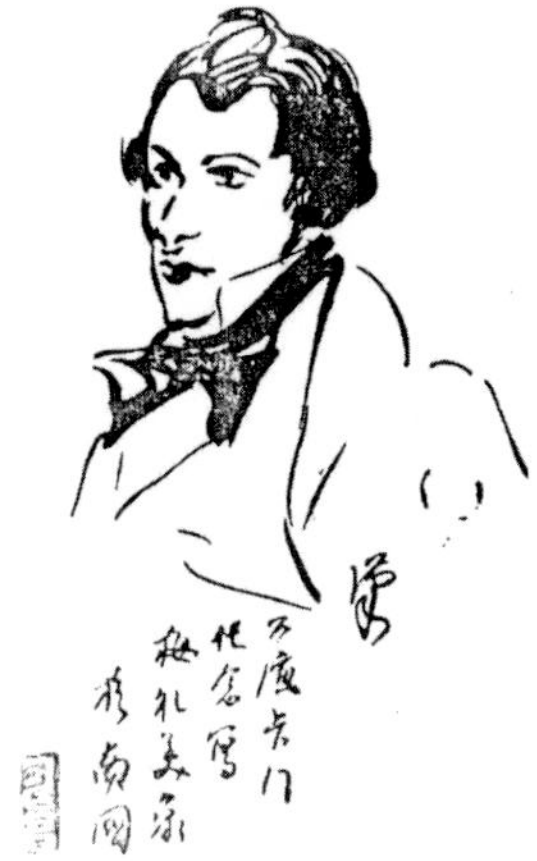

田漢が書いた人物画

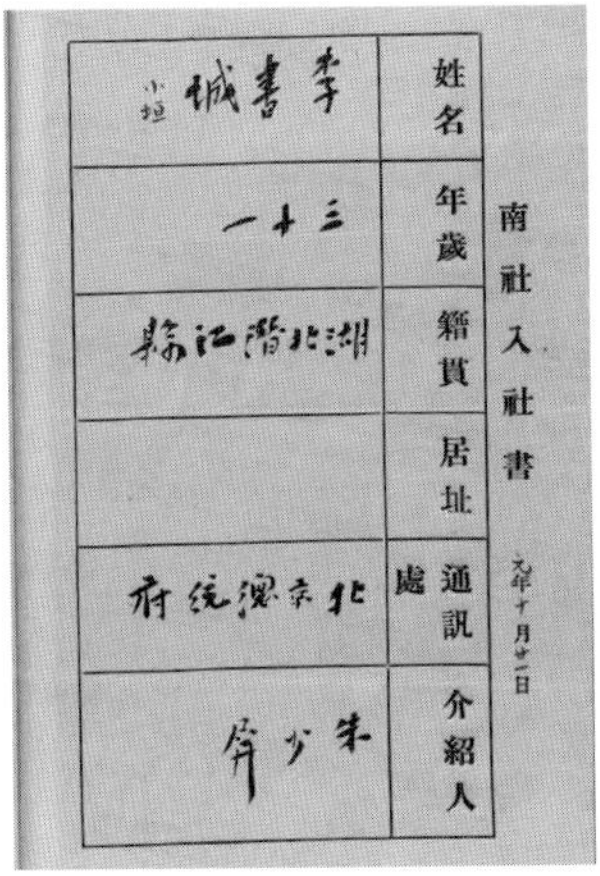

南社入社書

『三葉集』

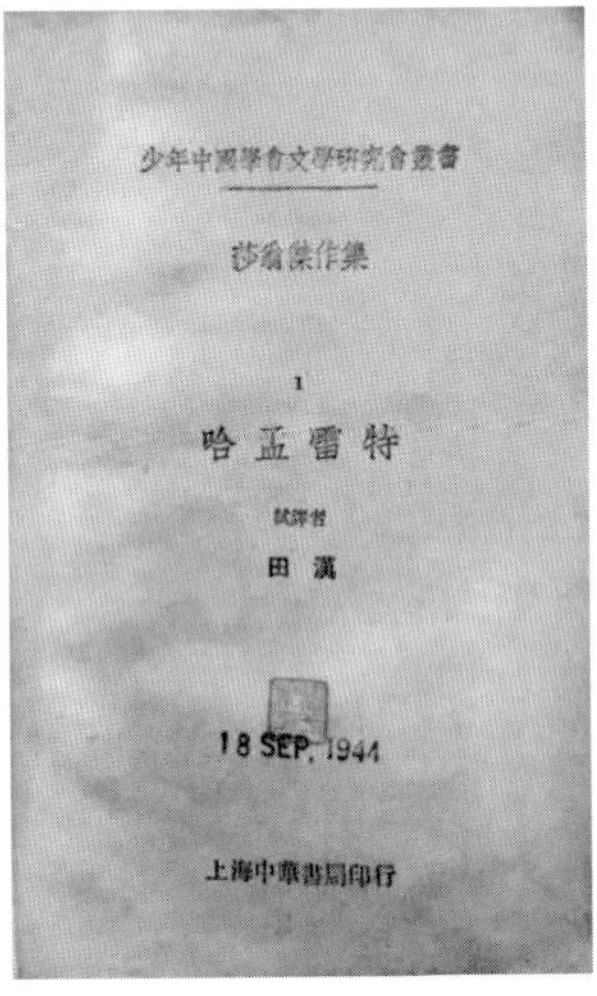
少年中國學會文學研究會叢書

莎翁傑作集

1

哈孟雷特

試譯者

田漢

18 SEP. 1944

上海中華書局印行

シェイクスピアのハムレット

田漢文印旗の上、長沙師範大学珍蔵

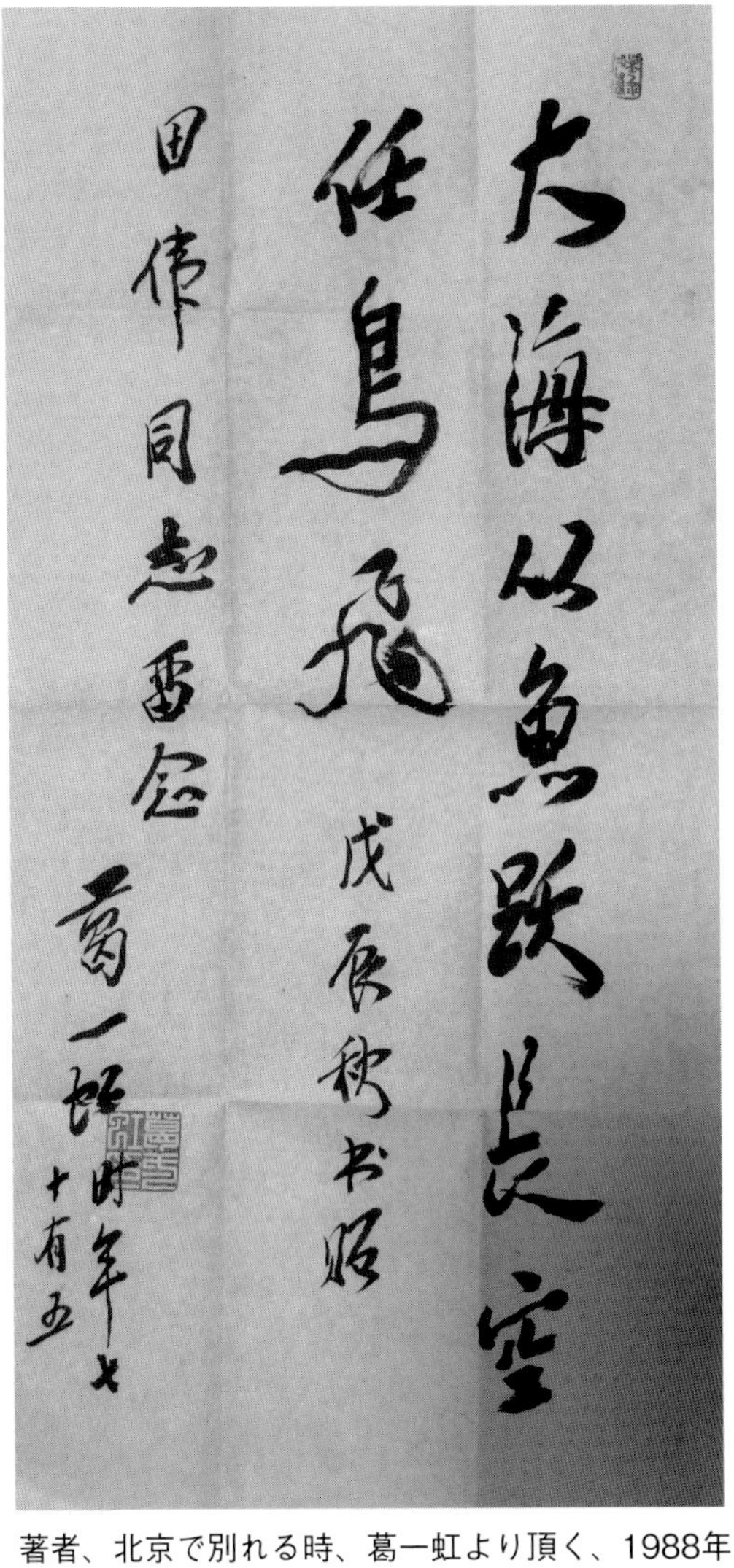

著者、北京で別れる時、葛一虹より頂く、1988年

1980年、北京人民大会堂、鄧穎超夫人（周恩来夫人）

歴史の子孫、前列左から内山完造の甥内山籬、塚本助太郎の子息塚本雄之助、後列左から郭沫若の孫藤田梨那、田漢の姪田偉

左から朱慶瀾の孫朱、呉忠信の姪呉紅、田漢の姪田偉

2019年、華人促進統一大会、フィリピンにて

田漢と李大釗

目次

【序文1】

中国作家協会名誉副主席　張　炯

日本に移住した中国人作家田偉女史の新作『田漢と李大釗』が近日、出版される。今年一二月東京にて、中国共産党一〇〇周年を祝賀する際に読者と対面することになるはずで、喜ばしいことであり、さらに中日文化交流の素晴らしい記念となるであろう。

田漢先生は我が国の著名な劇作家であり、現代中国の演劇と映画事業に優れた貢献をした。彼はまた中国左翼作家連盟の重要な一員であった。若い時に伯父の易象に連れられて日本に留学し、さらに易象の紹介で中国共産党の創始者の一人である李大釗と文通し、李大釗の影響により、マルクス思想の書籍を読んだ。李大釗との交流を通して彼は革命の道に進んだ。彼が作詞し、聶耳が作曲した『義勇軍進行曲』が中国人民共和国の国歌となり、広く歌われ、中華民族が侵略に反抗することを励まし、民族の復興に大きな役割を果たした。

田偉女史は田漢先生の姪である。彼女は舞踏芸術家であり、来日後、「東方文化芸術団」を創設した。その一方で作家としても活動し、中日文化交流に多大な貢献をしている。彼女は長い間、田漢先生と一緒に暮らし、田漢先生に深い親しみを覚えており、田漢先生の一生を熟知している。そのような人が著わしたこの本を通して読者が田漢、易象と李大釗の人柄をより深く理解し、さらに崇高な精神力を吸収できると私は深く信じている。

中日両国は隣国同士であり、秦漢以来、文化交流が続いてきた。徐福の渡日は長く伝わる歴史の美談である。唐代以降、日本はたくさんの留学生を中国に送り出し、東方の儒教と仏教文化が日本に伝えられた。

その一方、日本の明治維新以降、たくさんの中国人が日本に留学し、日本で西洋の文化を学び、自分たちの文化を革新してきた。彼らは中日友好の橋渡しとなり、両国の文化交流の使者となった。易象、李大釗と田漢はこの歴史の大きな流れの中の優れた一員であった。

田偉女史は日本に移住し、中日文化交流事業に力を注いでいる。彼女の新たな著作が中国共産党創立一〇〇周年を記念して日本で出版されることは非常に重要な意義を持つことは疑う余地がなく、必ず中日文化交流に新たな貢献をするはずである。

これを序文とする。

二〇二一年四月二六日

【序文2】

元中国人民解放軍軍楽器団長一級指揮　于 海

田漢は少年時代から演劇に興味があり、一九一六年に友人の資金援助で日本に留学し、七年間、日本で生活した。伯父・易象の紹介で中国共産党の創始者の一人である李大釗と知り合い、文通を始めた。また、雑誌『少年中国』に投稿し、「五・四運動」前後に少年中国学会と創造社に参加し、新文化運動に身を投じた。聶耳、冼星海などと共に多くの歌曲を作ったが、なかでも「義勇軍進行曲」、「卒業歌」は広く知られている。

田漢はみずからが書いた文章によって中華民族の闘争心と信念を目覚めさせた。そして、彼の姪である田偉女史は文化、芸術によって中日友好の橋渡し役になっている。

田偉女史は田漢の姪であり、田漢の遺志を受け継ぎ、常に祖国の栄光と恥辱を共にしながら中日両国の友好に力を注いでいる。

阪神大地震、汶川大地震などの震災では、田偉女史の行動が両国民に大きな感動を与えた。海外で中国の国歌を歌い、コンサートを行ない、講演会を開き、執筆活動を続けている。彼女はみずからの文化活動や芸術作品に「義勇軍進行曲」の真髄を積極的に融合させ、中日友好交流を深め、中日友好のために芸術家人生を捧げている。

たとえ異なる地にあろうとも同じ志を持っている私は「国歌」の立法化を十年間訴え続けた。政治協商会議委員でもあり、さらに国家の式典や国際文化交流など大型イベントで、軍楽器団や合唱団を数多く指揮した私は、三年間に数百回に及ぶ「私たちの国歌」の巡回公演をする過程で中日友好をしみじみと感じてきている。新時代の新しい国際情勢のなかでも、中日友好は両国政府の共通の願いである。さらに我々が推進している「人類運命共同体」は偉大な歴史の流れの中での国家の意向であり、国民の意思であり、時代の要求でもある。

来年は中日国交正常化五〇周年であり、中

国共産党第二〇回全国代表大会が北京で開催される。田偉女史は中日両国民の友情と、互いの理解と信頼を築き、多くの人びとが更なる未来を目指せるように時代の進む方向を感知し、両国民の心の通い合いを促進し、中日友好の民意の基礎を育てている。

本書を手にした皆さんが先人の初心を忘れず、歴史を確かめ、未来に立ち向かう精神を持ち、平和共存と永続的な友好の信念によって、両国交流の発展に力を注ぎ、中日平和友好の新しい一頁を開くようにと、心から願う。中日両国民が今このときに心を一つにして「前に、前に、前に、進め」

二〇二一年五月

【序文3】奮闘人生と精神の探求——中国芸術研究院新劇研究所長　宋　宝珍

田漢は中華人民共和国国歌の作詞者であり、中国現代演劇の基礎を築いた偉大な演劇作家であり、同時に素晴らしい詩人である。映画、音楽、書道などにも深い造詣がある。彼は民族の心の叫びの代弁者であり、社会の良心を体現していた。

彼は現代劇、ミュージカルなど六〇作あまり、戯曲二〇篇あまり、詩二〇〇〇篇あまりを創作し、『田漢全集』二〇巻にまとめられ、出版された。田漢の人生は光明を追求し、奮闘し、創作した一生であり、探求し、前進した一生であった。

田漢の一生の足跡は次のようだった。

少年の詩心は純粋無垢であり

ひまわりが太陽に向かうように
誇り高く民族の魂を賛美する

田偉女史は田漢先生の姪である。そして田漢先生の弟で演劇分野の重要な協力者で、支持者である田洪先生の娘である。

彼女は日本と見えない糸で結ばれていたのか、中国の改革開放政策以後、日本に定住した。中国が田漢誕生一〇〇周年、一一〇周年、一二〇周年記念イベントを開いたときも、あるいは田漢先生の学術討論会を行なったときも、さらには海外での中国演劇関係の学術会議にも彼女は積極的に参加した。彼女は田漢の芸術成果を研究し、田漢の芸術精神を広めることを自分の生涯の使命としている。

こうした彼女の中日文化交流を促進させようと積極的に努力する行動は、人びとから尊敬されている。彼女が田漢研究の著作を出版するに際して、序文の執筆を頼まれたことは光栄であり、田漢先生に敬意を示しつつ序とする。

二〇二一年六月一二日　北京にて

【序文4】田漢と内山書店

内山書店会長　内山　籬

田漢と内山完造が知り会ったのは何年頃だろうか。

完造の自伝『花甲録』では一九二二年の項に「数名の友人達が文芸漫談会と云うものを造った」とあり、中国側メンバーのなかに田漢の名が見える。ただこの「文芸漫談会」はもっと後に始まったのではないかと思われるが、いずれにしても一九二六年一月に谷崎潤一郎が上海へ来訪した際に、完造らが内山書店の二階で催した「顔つなぎの会」には田漢も参加している。

一九一七年に開いた内山書店は、塚本助太郎や升屋治三郎など在留日本人の常連客に加えて、日本への留学から帰国した郭沫若、郁達夫、田漢などの青年たちが相次いで訪れて、完造を仲介者に日本人と中国人が自由に文学芸術を語り合うサロンとなっていた。谷崎潤一郎についで金子光晴夫妻や佐藤春夫夫妻などが上海を訪れると、田漢や郁達夫らが彼らの歓迎会を催したり、上海や他の地方を案内するなどして交流を深め、彼らが帰国した後も往来を続ける関係になっていった。

敗戦後日本に帰国した後も完造は、東京内山書店（弟内山嘉吉が経営）を活動の場として、これら中国の友人達との交流を続けていた。一九五五年に郭沫若が中国科学院代表団団長として訪日したおり、完造は全行程にわたり郭沫若と行動を共にしている。また田漢から谷崎潤一郎への訪中の誘いの手紙も完造が仲介している。完造が一九五三、一九五六、一九五九年の三回の訪中した際にも連絡を取りあっている。一九五九年の最後の訪中の際は、北京到着の晩に完造が倒れたために会うことができず、田漢、安娥夫妻から追悼詩が贈られ、二日後に行なわれた追悼式に列席している。

著者田偉女史は田漢の姪であり、筆者は内山完造の甥であり、それぞれが田漢、内山完造を「伯父」と呼ぶ関係にある。田女史は文化芸術に秀でるという血を受け継いで、日本で東方文化芸術団を率いて日中間の文化交流に活躍している。お互いに「伯父」という先達に学びながら、日本人と中国人の相互理解を促進するという努力を後に続く世代に受け渡してゆきたいと思っている。

田漢と李大釗

第Ⅰ部　田漢と李大釗

第一章　道は険しく

中国には二四の省と市があるが、その中国の南方地域に湖南省があり、湖南省の省都・長沙からさらに南に下った長沙県果園鎮という美しい農村地帯が広がっている。そのごくありふれた農家に主人公の田漢は生まれた。

一八九八年三月一二日、田家の長男として誕生し、両親に大事に育てられた。父親は田禹郷といい、母親は易克勤といった。この両親のもとにはさらに田洪、田源と二人の男の子が誕生した。三人の子宝に恵まれた田家はその点では幸せだったが、生活は決して楽ではなかった。苦しい生活に追い打ちをかけるように、父親の田禹郷が病気で亡くなってしまった。

子ども三人を女手一つで育てなければならなくなった母親は男の子たちを集めてこう告

げたのだった。

「おまえたち、よく私の話を聞きなさい。お父さんが倒れてしまった今、私は一生懸命、おまえたちを育てるつもりです。たとえ私の口に何も入らなくても、おまえたちにはひもじい思いをさせることはしないから。私の命を懸けておまえたちを育てます。おまえたちは私の命なのだから」

そのとき、田漢九歳、田洪六歳、田源三歳だった。村人たちは田家の窮状を目にし、誰もが心を痛めていた。

春になると、村は自然の果樹園となり、野の花や野草が咲き乱れる季節だった。下の弟二人は美しい春の季節を楽しむように家の前で遊び、花を摘み、野草を採り、果物を持ち帰って来た。そしてそれらを料理して母親と食べるのが日課だった。

夏になると、二人の弟たちは近くの池で遊び、魚を捕まえて家へ持ち帰り、そのたびに母親においしい魚料理を作ってもらい、一緒に食べるのが日課だった。

秋になると、そろそろ寒さが襲ってくるようになる。二人の弟たちは山に入り、枯れ枝や枯れ葉、少し大きめの木を小さな体で、家での燃料として使うためにたくさん運んで来るのだった。そして、それらを母親のいる台所に運び入れ、母親が煮炊きするために燃やすのを見ながら料理の手伝いをし、母への思いやりを示すのだった。

冬になると、南方地域と言ってもその寒さは厳しいものとなった。山から吹き下ろす風は強く冷たく、その寒さに耐えながら母親は三人の子どもを無我夢中で育てていた。夜になるといっそう冷え込み、母親は三人の子どもを抱き寄せ、粗末な布団にくるまり、子どもたちは母親のぬくもりのなかで毎晩、眠りにつくのだった。四人が一つの布団に寝るとき、いちばんの幸せを感じる時間でもあった。くじけることを知らない母親と元気な子どもたちの一家には暖かな時が流れていた。

経済的には豊かでなかっただけに私塾に通えることができたのは田漢一人だけだったが、彼は勉強することが好きでたまらず、毎日私塾へ行くのが楽しくて仕方なかった。しかし、二人の弟が私塾に行けない理由を知っていた田漢は長男として大切な勉強をおろそかにできないことがよくわかっていた。田漢は私塾から帰ると二人の弟に読み書きを教えた。田家では人生の教師は母親、文化の教師は長男になっていた。

子どもたちは元気に成長していった。そんな子どもたちを忍耐強く育てている母親は自分の生き方を信じ、どんな苦境にも立ち向かう芯の強い女性だった。

苦難に耐える日々の姿をじっと静かに見守り続けていたのが、この母親の弟の易象だった。自分の姉ながらその強さには驚きと尊敬の念を抱かずにはいられなかった。この偉大な姉をなんとか助ける手立てはないだろうか。微力ながらもなんとかしてあげたいと思い続けていた。

ある日、弟は姉と言葉を交わしたとき、そのときの姉の言葉が忘れられず頭から離れなくなった。

「変わりないの？　仕事には慣れてきたの？　まあ、お茶でも飲んで。それにしても久しぶりね」

「姉さん、最近痩せたんじゃないの？　農家の仕事は大変だからね。子どもたちはみんな元気？　長男坊はしっかり勉強しているみたいだね。いまは長沙市師範学校に行ってるんだよね？」

「そうなの。ようやく一五歳になったわ。子どもを育てるのはとても大変だけれど、でもね、私は運がいい方だと思っているの。校長の徐特立先生は息子の学費の面倒を見てくれて、日用品なども買ってくださり、本当に恵まれた生徒よ。校長先生は我が家の事情もわかってくださっていて、あれやこれやと父親のいない息子を気にかけてくれているのは本当にありがたいわ」

「あの子は勉強一筋で学力はものすごく伸びているようで、我が田一族の誇りだし、あの子は秀才だよ。姉さんの苦労は決して無駄にはならないよ。私は来年、仕事でしばらく日本へ行くことになっているので、あの子も一緒に連れて行きたいと考えているんだけれど」

「それは素晴らしいことだわ。実現したら本当に嬉しい」

こうして姉は弟に自分の息子を託すことを許したのだった。こうして田漢の進む方向が決まった。しかし、母親はこの事実を心の中にずっと押し込め、ひたすら長男の面倒を見ながら、さりげなく下の弟二人とのつながりを大切にして、相も変わらない日々を過ごしていた。

冬のある日、暖をとりながら母親と子ども三人が話していた。

「漢、おまえは弟たちに感謝をしなければいけないよ。家で食べるもの、着るものもそうだけれど、学校へ行くことができているのはおまえだけなんだからね。弟たちは何も文句も不満も言わずにいてくれるのだから」

「お母さん、ぼくは弟たちの優しさを忘れたことはないですよ。感謝してもしきれないといつも思っている。お母さんの苦労も弟たちの苦しい我慢の生活もわかっている。お父さんのいない母子家庭だけに長男のぼくの責任はすごく重いと思っている。精一杯頑張るからぼくを信じて。いつかきっと恩返しをするから」

その言葉を聞いていた二人の弟は兄の手を取ると母親に向かって声を揃えて、きっぱりと言った。

「お母さんを幸せにしよう！　兄さん頑張って！　みんな元気で！」

まるでドラマを見ているような強い絆で結ばれた田家の姿が薄暗いランプの下なのに輝くように浮かび上がっていた。

ここから田家の物語は始まる。

ここで田漢の幼年時代の物語は終わる。

ここで田漢に母親、弟二人との別れが訪れる。

田漢は池のほとりに行き、静かに一人で涙を流しながら、そっと池に映った月に向かって誓うのだった。

「ぼくを大切に育ててくれたお母さんの愛情を忘れません。弟たちや一族の人びと、この土地、この家はぼくとかたく結びついています。不幸にもお父さんは三人の子どもを残して亡くなってしまいました。そのためお母さんの苦労は計り難く、どれほど辛抱したことでしょう。このお母さんのためにもぼくがしっかりしなければいけないのです。ぼくには大きな責任があります。命をかけてお母さんや弟たちのために奮闘し、この家を守ります。神様、どうかぼくを見守り、支えてください」

第二章　船中の詩

美しく豪華な客船「八幡丸」、そして青く広い海原は叔父と甥の二人の詩心を動かした。易象《いしょう》は幼い時から読書が好きで、学校で学び始めると革命の真理に接し、精神の向上を追求した。易象は田漢を教え導き、甥である田漢にとって学ぶべきものが非常に多かった。

日本への長期留学は田漢の一生に関わることは言うまでもなかった。易象は田漢を革命の道に導く決断をし、大切に育成しなければならないことを自覚していた。田漢の重要な転換となるはずの出発に易象は心が沸き立ち、田漢とともに海風に吹かれながら船首に立ち、感慨に浸っていた。一九一六年七月のことである。

易象は田漢に言った「漢兒よ、いま故郷を離れたらいつ戻って来られるかわからないぞ。私はおまえを自分の息子のように思っている。いや、実の息子よりも大切にするつもりだ。

おまえもそのつもりでいて欲しい……おまえの母親は私の姉だからこそ私にはおまえの面倒をみる責任がある。私は姉からずいぶん大事にされた。その恩を私は一生忘れない」

「伯父さん、ぼくは伯父さんから教えられたことを生涯忘れることはありません。ぼくにも易家の血が流れています。血は水より濃いと言うではないですか」

易象は「この優しい海風が我々の顔にあたり、我々の良心を動かしている」とひそかに思った。

「伯父さん、ぼくはわくわくしています。将来がどうなるかわかりません。でも伯父さんがそばにいてくれるなら安心です。まちがいなく順調なはずです」

「そうだな。人生の大切さと留学中の苦労を覚悟しておかないといけない。このような機会はめったにあるわけではないのだから」と易象は言った。

「伯父さん、日本がどのような国かぼくには想像できません。果園鎮から長沙、そして上海までですら、この田舎者には驚きばかりでした。上海という大都会、眠らない街では田舎者には想像できないさまざまなことが毎日起きています」

「おまえには初めての長旅だ。初めて聞いたり見たりすることが多くあるはずだ。聞く、見ることを重ねながら学び、自分の分析能力、判断能力を向上させなさい。どんな些細なことでも見逃さずに、中国との違いを理解することだ」

「はい、わかりました。必ず、良く学び、良く訊き、良く観察し、良く考え、良く書く。この五つのことを毎日必ず実行します」

「実行がおまえの仕事の掟であり、しっかり守れば、留学の成果は大きいはずだ。
一、毎日日記を書く
二、毎日、四大新聞を読む
三、読んだ感想文を書く
四、節約に徹し、必要最低限の物だけ買う
五、母親や弟たちにはいつも手紙を出し、家族を大事にする
これを守るように。私はおまえを見守っていくが、おまえも一八歳なのだから自分に厳しく、私に従いながら田家の名を辱めない人間になりなさい」

心からの易象の言葉が甲板に立つ田漢の心に深く刻まれた。果てしなく続く海原、海面に映える月光、打ち寄せる律動的な波の音に包まれて、まるで虹の船に乗っているようだった。

田漢の想像はふくらんでいった。

国外に出て、自分は日本での留学生活を乗り越えられるのか。何もわからない自分は伯父についていく。父親のように自分を愛し、育て、心配してくれている。母のすばらしい弟、それが自分の伯父だ。これらをすべて大事にしよう。

船室に戻ろうとした易象は田漢がまだ物思いにあるのを見て、甥への期待と留学の成功を願うばかりだった。

横浜港に入港する客船が船笛を鳴らし、ゆっくりと岸壁に着いた。和服を着た男性が白足袋で下駄を履き、頭髪は毛髪剤でなでつけられ、皮の鞄を持ち、そのあとを妻と娘と息子がついていく。その妻は紺色の和服であまり目立たないが、白い襟が彼女の顔色とマッチして美しい若い人だ。子どもは制服を着ていて、両親の後ろから楽しそうに歩いて行く。

埠頭には数人の外国人船員がタバコを吸いながらいたが、無邪気で楽し気な様子からアメリカの若い船員にちがいなかった。石段から見上げると大勢の商人がいて、荷物を背負ったり、商品を持ったりして、忙しそうに行き来している。

偶然、洋服の口紅鮮やかな美しい女性たちと出会った。彼女たちはハンドバックを持ち、埠頭を歩いていた。あるいは良い出会いを求めているのかもしれない……船笛、商人の売り声、車のクラクションなどさまざまな音が横浜の埠頭に満ちていた。
易象にはいつもの見慣れた風景であり、早く東京の宿舎に着きたいと思っていた。しかし、田漢には埠頭のすべての風景が珍しかった。新鮮！　美しい！　素晴らしい！　これが外国、これが異国なのだ……。

すみません、ちょっと待って。
はい、大丈夫ですよ。
これで行きますか？　行きますよ！
タクシーはどこ？
駅へ行きます？
……

初めての日本語。何を言っているのだろう。湖南語はもちろん上海語も理解でき、標準語も話せたが、聞こえてくるのは日本語ばかり、意味を推測することさえできなかった。日本語を学ばなければ日本では生活できないことを早くも知らされ、日本語の学習を最優先すべきだと思った。田漢は伯父に言った。

「伯父さん、ぼくは日本語学校に入って、言葉の学習から始めます」

「それがいい。勉強がおまえの仕事だからな……真面目に、真剣にな！」

「はい、頑張ります……」

異国の地を踏んだ瞬間、田漢の足どりが軽くなった。時間よ、ゆっくり流れろ！

田漢が最初に身を寄せたのは、東京都小石川区茗荷谷町九六にあった湖南省留日学生経理処だった。

不慣れな日本式の宿舎で次のようなことを学んでいった。

①玄関では靴を脱ぎ、素足か靴下で。玄関を上がると必ず小さな階段がある。靴は揃えておく。
②上着や雨具を脱ぎ……掛けておく。散らかしてはいけない。
③食事は一人分ずつ（大きな器に入れない）。箸は横置き。可愛い箸置きがある。
④各家庭にトイレがあり、水洗トイレ、トイレットペーパー付き。
⑤季節ごとに服装や持ち物を変える……とても気を遣う。

⑥カタカナ、ひらがな、漢字、ローマ字……日本語は複雑。

空が青く澄み、中秋の満月を眺め、やがて雪が降り、冬になっていた。気づくと、日本での留学生活がすでに半年を過ぎていた。伯父の易象は甥のこれからのすべてを手配し、帰国することになった。彼は聡明な甥に大きな期待を抱いていた。

「おまえを半年あまり見てきたが、日本の環境にも慣れて、もう大丈夫だと思うので、私は一旦帰国する。向こうの仕事もたくさんあり、孫中山（孫文）先生、李大釗先生が私の帰国を待っている。国事が最優先されなければならない。おまえは必ず約束を守ること。いいな。おまえならできると信じている。私や優しい母、弟たちの期待を裏切らないように……」

わずか数カ月だったが、伯父と一緒に努力し、日常会話の学習を重ねた結果、電車で神保町に行き、本が買えるまでになった。時間があれば公園を散歩し、食堂はとても便利だった。自炊しないときは一、二個のおにぎり、熱いお茶、一粒の梅を買えば……自分の生活のやりくりができるようになっていた。

こうして伯父の帰国を見送った田漢は一人で奮闘することになった。

田漢の頭髪は驚くほど早く伸びたが散髪費用も安くなく、彼を気に掛ける人もいないことをいいことに伸び放題にしていた。それはまるで田漢の心理、感情、執筆意欲ともつながっているようだった。彼の精神は衝動的であり、好奇に溢れ、集中力に優れていた。毎日しっかり学び、しっかり執筆し、微細な感覚に反応していった。それらは大きな知識の冷蔵庫に収集、保存され、蓄積されていった。

異国の空気が彼の精神を膨らませ、執筆を重ね、文学の基礎を確実に築いていった。学ぶ内容は広く、濃かった。昼夜を問わず学び、数多くの文章、脚本、評論を書き下ろした。しかし、彼がもっとも重んじたのは友人との文学交流、文通だった。若い田漢は人生を、青春を体験し、自分探しを続け、東京という場所でしっかり自分を磨いていった。

第三章　『三葉集』の誕生

宗白華先生（一八九七年〜一九八六年）は北京大学哲学学科の教授で美学に造詣が深かった。中国安徽省安慶市の出身で、幼い時から私塾で学び、古典文化を学び、ドイツに留学してからは東洋と西洋の文化の融合を学び取った。ドイツの古典哲学精神と現代芸術思想の理念、論理、思考を中国の古典哲学と伝統芸術の概念、知性、霊性とを比較検討し、融合させた。時代の先端を走り、刻苦勉励した結果、優れた美学論の業績を残した。

しかし、特記すべきことは、彼は文字から、そして文章から人を知り、言葉から人を見ようとしたことだった。彼は一九一六年に上海『時事新報』の副刊だった『学灯』の編集長を務め、哲学、美学、新文芸に関する論評を編集、発表していた。当時、多くの文学青年が閲読し、投稿していた『学灯』は「五・四時期」の四大副刊の一つだった。

彼は積極的に投稿原稿に目を通し、才能ある文学青年を発掘していった。

その一人が四川省出身で、九州帝国大学医学部に留学していた郭沫若だった。彼の多くの投稿原稿には心の響きがあり、国外で学問に専念しているにもかかわらず、非常に愛国的だった。特に中国の文化への並々ならぬ愛情が溢れていて、在学中も文学創作は決して中断されなかった。宗白華先生は郭沫若が日本から郵送してくる作品は常に優先的に掲載した。作者の心意気を尊重し、文学青年を育成し、創作意欲を失わせないために毎期、掲載原稿を予告し、投稿、発表を促した……。このように文学青年を理解する人と掲載場所が確保されていたことから、『学灯』は非常に注目され、読者が増加し影響力が大きくなった！

もう一人が同じく東京に留学中の湖南の文学青年・田漢だった。人を介して初めて『学灯』副刊に投稿すると、宗白華先生は毎期必ず田漢の原稿を掲載するようになった。若く明晰な頭脳で異国での留学生活や社会動向などを伝えた文章は、流れるような文体と内容に真実性があり極めて劇的だった。

二人の留学生青年は『学灯』副刊に常に二人の名前が並ぶのを知り、互いにその文章を読み、強い印象を与えていた。そこで、宗白華先生はこの文学青年で、積極的な投稿者である二人をそれぞれに紹介することにした。一通の上海からの手紙が東京と福岡に郵送された。二人の青年は共に心躍らせ、郭沫若は聡明な田漢に、田漢は尊敬する郭沫若に会いたいと思った。こうして三人の文通が始まった。

文通を通して彼らは親友となった。原稿を読み、意見を述べ、交流を深め、互いに感謝の念を深めた……百年前の「文通」が文学、芸術、演劇、美学、考古学等々に幅広く精通した三人の深い知識を語る記録となった。

『三葉集』は田漢の提案によって上海で出版された。一九二〇年一月から三月まで、互いの手紙二一通が収められた。田漢五通、郭沫若八通、宗白華八通である。三人が各自短い序文を書いた……上海亜東図書館が一九二〇年五月に初版を刊行してから一九四五年五月までに一五版を数えたが、供給が需要になかなか追いつかなかった。その影響の深さ、大きさがわかる。三葉は友情、友誼、友愛を象徴しているが、三人の「三友集」でもあった。詩は彼らの共通する愛好文学世界で、ドイツの詩人ゲーテの作品を共通して好んだ。

彼らの詩には人生、事業、演劇、婚姻、恋愛……さらに宇宙観、人生観、社会問題にまで及び、青年たちの文学知識の深厚博大さが読み取れるうえ、鋭い見解、熱い感情に溢れ、文章は自由闊達だった。

三人の青年作家たちのひたすら純粋な、ひたすら真剣な、ひたすら正直な心の交流がそこにはあった。

第四章　田漢、日本語を学ぶ

一九一六年七月、上海から八幡丸で東京に到着した田漢は、すぐ日本語の勉強を始めた。まったくわからなかった日本語が理解でき、使えるようになるまでに三年間の努力が必要だった。一八歳の田漢は一つの言語を習得することは真理と実践の最強の武器になることがしっかりわかっていた。

初めて耳にした日本語は客船上での夫婦の会話だった。

「この船、人がすごく多いね……」

「はい、日本へ行く中国人がたくさんいるようです」

「人が多いから早く部屋に入ろう……」

田漢には彼らの会話の内容がさっぱりわからなかった。持っていた日本語の本の中にも回答は見つけられなかった。易象が「彼らは船上に人が多いので、部屋に入る」と言ったのだと教えてくれた。

ご主人＝丈夫、愛人、先生
奥様＝太太、老婆、愛人
たくさん＝很多
部屋＝自己的房間

彼の努力はここから始まった。これらの単語をしっかり頭にたたき込んでおくことにし、「夫」をなぜ「ご主人」と呼ぶのかについては今後、研究することにした。

伯父と田漢は小石川区茗荷谷町九六にあった湖南省留日学生経理処に着いた。伯父はこの経理処での業務をするために任命され、来日したのだった。そのため船舶代、食費、住居費、学費などはすべて親しい伯父が負担してくれた。

難しい日本語教科書、新聞、書籍を読むと漢字以外に理解できないひらがな、カタカナ、外来語のローマ字、英語が使われていて……日本語の複雑さに直面した。少しずつ慣れ、一言一句、一歩一歩覚えるしかなかった。彼は中国語と日本語の異なる意味をまとめ、理解できないものは自分が作文や創作をする時に考え、研究し、日本人と会話しながら学び取り、会話能力を高めていった。

咖啡＝咖啡　発音はKOHI
茶＝お茶、御茶
毛巾＝ハンカチ
牙刷＝歯ブラシ
拖鞋＝スリッパ
床＝ベッド
被子＝フトン
椅子＝イス
桌子＝机（つくえ）
鋼筆＝ペン

紙＝かみ
手紙＝トイレットペーパー
信＝手紙
筷子＝箸
大橋＝橋
鏡子＝かがみ
房子入口＝玄関

これらの単語が日常生活を通して記憶され、伯父との会話にも時たま日本語が使われるようになっていった。たとえば、毎朝、伯父が四大新聞の記事について「今日の朝日新聞に何か良いニュースは？」、「普通ですね。ありありません」といった具合だった。

田漢は読んだ新聞から重要なニュース、文化活動や芸術関係、社会面の情報などを丹念にメモ帳に書き取っていった。これが田漢の毎日の楽しみになった。学校に行って勉強するよりも充実し、自由で思いのままにできた。

戯曲「珈琲店の一夜」（咖啡店之一夜）を創作するため、田漢は喫茶店にたびたび足を運び、コーヒーを飲むのが習慣になった。一杯の香ばしいコーヒーに砂糖、ミルクを入れると美味しい酒を飲んだような気分になれた……。

コーヒー文化がこの二十歳過ぎたばかりの文学青年の心身を虜にしていった。さらにこの日常的な生活習慣から次第に日本の大正時代に染み込んできていた西洋文化にも馴染んでいった。

コーヒーは十九世紀に薬用の興奮剤として西洋から日本（現在、世界コーヒー消費量三位）に輸入されると、西洋式の美意識、享楽、生活感覚、自由開放感なども入り込んできた。午前中は一杯のコーヒー、午後は一杯の濃いお茶で思う存分過ごす。愛人、恋人、夫婦、企業人たち、そして婦人たちは買い物後に……。喫茶店が国民を引き寄せ、国民にとって喫茶店は魅力あるものとなった。田漢にはこれが東京の喫茶店が持つ情緒であり、自宅で飲むコーヒーより雰囲気がある店で飲む味わいは格別で、まったく違うものと感じていた。

ある日、田漢は同郷の李初梨と自宅近くの喫茶店に入り、西洋文化の香りを思う存分堪能した。故郷で母の作った濃いお茶や白湯を飲み慣れていた田漢の身体は、出会ったばかりの西洋の飲みものをいともあっさりと受け入れていた。豪華で静謐な店内に入り、メニューが置かれたテーブルに腰を下ろした二人は、まわりの客のほとんどが日本人であったため、声をひそめて中国語で話をした……。

コップに入った水を持ってきて、それを置いた店員が柔和な声で訊いた。

「ご注文は何にいたしましょうか」

「ちょっと待って下さい」と田漢が言うと、李初梨は日本人の話し方を真似ながら「アメリカン」と注文した。一方、田漢は相手に聞こえないように、ぼくは牛乳と砂糖が欲しいからと中国語で言い「ぼくは普通のコーヒーを下さい」と注文した。

「アメリカ」、この国家の名前が彼らに飲まれており、そして「中華」、この偉大な民族が彼らに食べられている不可解さ。たとえば、「今日は何を食べたい？　和食？　中華？」と言うように。

日本を理解したいと望むなら日本語を理解しなければならないのだ。

「夢を見る」⇩中国語では「夢をつくる」と表現する。寝てしまえば見えないはず。「走る」⇩中国語では「走」は「歩く」なのに。

「歩く」⇩「一歩一歩」という中国語はあるのだが。
「魚《うお》の目」⇩中国語では「鶏眼」なのに、「にわとり」が「魚」になっている。
「くつ」⇩中国語の「ズボン」と発音が似ていて聞き間違える。
「写真」⇩「照片」は日本語にはない。
「演出」⇩中国語では「上演する」なのに。
「指輪」⇩中国語では「戒指」なのに「指の輪」と言う。
「女優」⇩舞台や映画に出演する女性の役者の意味。
「本」⇩「書籍」の意味だが、中国語では助数詞で「冊」の意味だ。
「急須」⇩中国語では「茶壷」で、日本語で「茶壺」は意味が異なる。

多くの日本語の文章や書籍でわからない文字、言葉、初めての表現はすぐメモ帳に書き写し、学習し、頭に叩き込むとすぐに日本語の会話で使った。

真摯に知識をたくさん詰め込み、必死に異文化体験を重ねていった。一日、一カ月、一年間の田漢の努力が記録されていった。一編の文章、一日の記録、一日の新聞、一冊の脚本、一首の詩、そのすべてが田漢が東京で残した貴重な記録となった。貴重な留学の日々を真面目に過ごした田漢は大きな成果をあげた。さすが田家の才子であり、易象のすばらしい甥だった。

一九一九（大正八）年、田漢は日々の努力により日本語会話能力が著しく伸び、みごとに東京高等師範学校に合格した。ますます勉強に磨きをかけ、文章を書くことを忘れず、絵を描き続けた。創作意欲は旺盛で、自分の作品が日本で出版されることを望んでいた。佐藤春夫、谷崎潤一郎、菊池寛など有名な作家とも知り合い、彼らは田漢に日本語で脚本を書いてくれるように頼んだ。

彼らも中国の文学青年が出版業界で活躍することを期待していたが、残念ながらこの夢は実現にまでは至らなかった。

田漢は菊池寛の「海の勇者」、「屋上の狂人」を翻訳したが、日本語を中国語に置き換える際に大いに悩み、模索し、どのような文体で、どのような単語が的確な表現なのか悪戦苦闘した。

易象は来日して二年となった田漢に、聞く、話す、見る、読むすべてで、先ず日本語から中国語にする訓練をするように。そうすれば日本語能力がずっと早く進歩するはずで、その国の言語を習得するには、さまざまな活動にも参加するようにと言った。

筆があれば書けるし、口があれば語ることできるわけで、日本の文学・芸術界で活躍することは不可能ではない！　努力は必ず実りを迎えるにちがいない。奮闘すれば実現できない夢などないと叱咤激励した。

易象の指導を聞き、母親の恩愛を忘れず、故郷の二人の弟に思いを馳せながら田漢は複雑で難しい日本語を学び、困難の中を前進していった。

第五章　人生の初恋

田漢は長男としてこの世に生を受け、田漢と名づけられた。

母の弟の易象に女の子がいて、漱瑜《そうゆ》と呼ばれていた。

姉と弟は互いに相手を立て、思いやりが深く、二人の関係は非常に親しかった。そのためか、この姉と弟の子どもたち、つまりいとこ同士も親しくつき合い、田漢と漱瑜の二人の感情は男女のものに変わりつつあり、それは深まり、真剣なものになっていた。いとこ同士はつるが木を包むように心を繋ぎ、情が結ばれていった……。

漱瑜は田漢が自分の父親と一緒に日本に行くことを知るや、慌てて叔母の家を訪ね、叔母の手を握ってこう言った。

「叔母さん、本当にお兄さんを日本へ行かせるのですか？　行ったまま帰ってこないなんてことはないですよね」

「今回の日本行きは、息子にとってたくさんのことを学ぶとてもいい機会になると思って、私は賛成したの。あなたのお父さんが私の一大難問を解決してくれたのでとても感謝しているのよ。帰って来ます、必ず帰って来るから心配しないで……私と弟たちを忘れるはずがないもの！」

「叔母さん、お兄さんが必ず帰ってくるようにしてください……」

「わかったわ。必ず帰らせるから安心していて大丈夫よ！」

漱瑜が不安げに帰っていく姿を眼にしながら田漢の母親は何かを感じ取ったようにそっと微笑んでいた。「二人に何かあるのかしら？　でもそんなことあるはずないわね」

時間はまたたく間に過ぎ、田漢の日本への出発の日がもうそこまでやってきていた。果園郷のシャクナゲは赤く染まり、小鳥がさえずり、家々の豚、アヒル、牛、鶏が元気に育ち春を迎えていた。果園郷の畑も作物も、そして生き物たちもすべてが喜んでいるようだった。

姉と弟は自分の子ども同士が互いに憎からず思っていることを、父ははっきりわかって歓迎していたが、母の方はまだ確信が持てず、何も気づいていないそぶりを取り続けていた。

田漢の家に二つの家族八人が集まった。田漢の母親は沢山の故郷の料理を作った。豪華ではなかったが、どれもとてもおいしかった。

焼き卵、ニラ卵炒め、唐辛子大根、白菜炒め、魚の揚げ物、大きな丼物に鳥スープ。このスープには大事に育ててきた鶏を使った。惜しい気持ちもなかったわけではなかったが、弟に感謝し、息子を日本へ留学させるため、朝、早く起きて、準備したものだった。田漢たち兄弟三人はとても喜び、まるでお正月のようだと思った。お別れの会はどこか寂しさ、悲しさが伴うものだが、そうした雰囲気はまったく消し飛び、喜びの会になっていた。易象夫婦と二人の娘も楽しく食べ、会話は大いに弾んでいた。（一九一六年当時、カメラがなかったためそのときの様子を記念写真として撮って残せなかったのはとても残念なことだった）

夜、漱瑜は帰りたくなかったので、田家の二人の子どもたちと話し続け、山に花を摘みに行こうと計画をたてた……そこに田漢が顔を出し、漱瑜がまだいるのに気がつき、庭に出ようと誘った。

月は空に高く懸かり、沼では蛙が鳴き、夏の涼風が優しく吹きつけ、とても爽やかだった。

「お兄さん、私からお兄さんに餞別としてあげられるものがないけれど、この万年筆はとても使いやすいの。私がお兄さんのそばにいると思って、これを持っていってくれると嬉しい……」と恥ずかしそうにうつむいて言った。

「漱瑜、ありがとう……」差し出されたそれを受け取りながら、その彼女の手を取って握りしめ、可憐な漱瑜をじっと見つめながら、真剣に「ぼくは必ず戻って来るからね！」と言った。

漱瑜は嬉しさのあまり涙が溢れ出していた。ふり向くと、田漢の母親と弟二人が家の入り口に立ち、別れがたい思いの中にいた二人を見つめているのに気がついた。

彼女は慌てて立ち上がると、恥ずかしそうにして駆け出して行った。遠くから彼女の声がかすかに届いてきた。

「お兄さん、明日、私は見送りにはいきません。学校に行きます……」そのかすかな声が夜空に、川辺に響き、果園郷に、そして、田家一族の中を駆け巡っていった！

一九一六年から一九一九年七月まで田漢は東京で必死にたったひとりで奮闘を続けてい

た……そして、一九一九年七月に留学後、初めて故国に一時帰国し、久しぶりに母や弟たちと顔を合わせた。それから二カ月後の一九一九年九月、再び日本へ戻ってきた。

黄金の秋は田漢にとっても黄金に輝き、最大の幸せを感じる季節と言えるものになっていた。彼の人生で初めて一途に愛する女性がそばにいて、誰の目もはばかることなく言葉を交わせる女性がいたからだった。

その女性はそれまで知らなかった見ず知らずの女性ではなく、ほかでもない伯父・易象の娘であり、母の実の姪だった。田漢にとって幼いときから好きだった漱瑜だった！

すべての喜びが天から舞い降りてくるように、田漢に無上の幸福感を与えたのだった。

伯父は安心し、手放しで喜び、愛する娘を甥に託した。

母は異国で勉強する息子のそばにいつも世話をしてくれる女性がいるのは良いことだとは思いながらも躊躇する気持ちもあり、不本意ながら承知した。でも、彼らが愛しあっているなら、それを拒絶することは難しいのだから、むしろ二人の新たな出発を支え、強く後押ししてあげる方がいいにちがいなかった。

田漢の漱瑜に向けられた思いは非常にはっきりしていて、揺るぎがなかった。

近親者同士の結婚を危惧する人がいないわけではない。でも、絶対にこの女性は他人に渡すつもりはないと思っていた。自分の一族のなかに素晴らしい伴侶となるだろう人がいるならその人と結婚してもいいではないか！

日本で生活していけば日本人の女性との出会いも起こるかもしれず、そうなったときいろいろ面倒なことになるにちがいなく、できるだけそれは避けなければならない。

自分を大切に見守ってくれている両家族の人びとに感謝し、自分は漱瑜を必ず守り通し、心から愛し続ける。漱瑜は自分のものであり、自分は漱瑜のものだ。漱瑜は私の心だ！

若い田漢は漱瑜に異性の愛を探し求めた。漱瑜から愛の文学表現を探し求めた。漱瑜から愛の花が大きく開くことを探し求めた……。

不思議な巡り会いのなかから生まれた愛の道行きは、これまで多くの文学作品で描かれ、多くの恋愛の形が描かれていたが、田漢もその恋愛を思う存分受け入れ、自分の愛する心を思う存分に解き放った。いま自分の身に起きているこんなにも不思議な、こんなにも心温まることが起きているのだ。この突然のできごとがすぐには信じられず、戸惑っている自分にこれでいいのかと問いかけ、そしてこう誓うのだった。

二人の若い恋人　異国の桜の下を歩こう
二人の若い恋人　図書館、映画館へ足を運ぼう
二人の若い恋人　名所旧跡に出かけて行こう
二人の若い恋人　美しい花に囲まれて心を寄せ合おう
二人の若い恋人　天から与えられたすべてを享受しよう

幸福に包まれた円満な日々、そのすべてを大切にし、育てていくのだ。

田漢は言葉、詩歌、文章を通して、二人の愛の積み重ねを描いていった。

日本にいようとも二人が一緒にいられるなら何も怖くはなかった。二人は心から愛を誓い合い叫んでいた。

お兄さん愛している、永遠の人……。

ぼくは漱瑜を愛し続ける、心の中の唯一の人
二人は誓う、地球の果てまで一緒に……。

第六章　偉大な南社会員、人民英雄の易象

易象は一八八一年五月一四日に湖南省長沙市東郷花果園三字墻にあった易家に生まれた。父は易道生、母は蒋氏で二人の間には息子と娘がいた。母の蒋氏が病弱だったため、一番上の姉だった易克勤は幼い頃から母親を手伝い、弟の面倒を見て、何くれとなく世話をして可愛がり、愛情を注いでいた。

いつも弟が通う私塾へ送っていくのは克勤の役割だった。服が破れたら繕ってあげるのもこの姉の役割だった。このように姉の克勤はまるで母親のように易象のあらゆる面倒をみていた。

易象は幼い頃、痩せて貧弱な身体であったため、克勤はこの弟に栄養のある美味しい食べ物や飲み物を与えていた。このように幼い時から姉からは暖かい慈しみを与えられてい

た。

易象は小さい時から勤勉で、学ぶことが好きだった。二十歳の頃には頼もしい青年になり、彼が書く文字は美しく、詩を作らせればその才能の素晴らしさがわかった。彼の物事への対応が誠実で、しかも努力を怠らなかったため、大変、光栄な身分を与えられた。それは国から学資の支給が得られる廩膳員となり、府、州、県から決まった日にお金が与えられるからで、一定の収入があり、自分の生活を安定させることができた。

その後、陳氏と結婚し、やがて娘の易漱瑜が生まれた。彼は娘をとても可愛がった。娘が大きくなったら女性詩人の李清照のようになることを願っていた。そのため、李清照に「漱玉詞」という詩があり、その中で「瑜」という字が使われていたことから娘の名前を「漱瑜」としたのだったが、そこには娘が才能ある人になれるようにとの父親の願いが込められていた。次女は「国瑜」と名付けられた。

一九〇七年秋、のちの中国共産党の優れた指導者の一人となった湖南省臨澧県出身の林伯梁とともに秘密任務を受け、易象は東北の吉林へ行き、「辺境」革命を計画し、辺境地域での革命勢力を組織することになった。機会を狙って蜂起するためで、朝鮮国境外にいる孫韓登、挙緑林たちは武装して革命運動を待っていた。

そのため妻の陳氏、娘の漱瑜は長沙から易象に同行して東北に向かい、夫と一緒に活動し、東北に約五年間暮らした。

清王朝は腐敗し、国家を動かす力を失っていた。西欧列強の侵略にも立ち向かい戦う力がなく、抵抗できなかった。それにもかかわらず国家が危ういというのに北京市内は相変わらず遊興歓楽の中にあった、国家存亡など関係ないというように。


こうした清王朝の現状を目にするたびに、革命的な青年、易象は激しい怒りを覚えずにはいられなかった。彼は社会を根本から変革させないと国が滅びてしまうと危機意識を募らせていった。古い勢力を打ち倒すのだ！

そのような時、仇鼇先生が発行していた『東亜新聞』が易象を編集長に招聘した。彼は毎号、論説、評論を執筆し、激しく清朝政府を批判していった。その鋭い筆鋒によって、当時の社会論評家として注目される存在となった。

一九一一年に辛亥革命が勃発し、腐敗した清王朝がついに倒された。一〇月二一日には湖南の革命党員焦達峰、陳作新が蜂起し、湖南巡撫の余誠格が率いる清王朝勢力を打倒した。こうして易象は家族とともに湖南に戻り、積極的に革命運動に参加していった。

一九一二年に中華民国が正式に成立した。しかし、辛亥革命の成果が北洋軍閥を率いていた袁世凱に盗まれた……。

一九一三年、孫中山が率いる革命党が引き続き袁世凱を討伐する第二次革命を起こすが、反抗勢力があまりにも強力だったので、失敗に終わり、一九一三年一二月、孫中山は日本に逃れた。彼に同行したのが、易象、程潛、林伯渠……革命党員が相次いで日本に渡って、孫中山の再起に協力した！

李大釗は一九一三年に日本への留学生として来日し、早稲田大学に入学後、一九一六年に帰国したが、一九一四年には「神州学会」を組織した。易象は法政大学に留学し、「乙卯学会」を成立させた。この二つの組織が合併し、「神州学会」が組織され、李大釗が評議長になり、易象、林伯渠は幹事になり、会員は百人以上いた……。

一九一六年『神州学叢』を出版し、易象が主に執筆した。

（このすべてが日本の東京で起きた。日本は中国の青年が革命を起こす場所となり、東京は中国共産党創始者である李大釗が易象、田漢と知り合い、互いに教え、支え合った場所だった。東京よ、あなたはいつかこれらの素晴らしい人々の物語を伝える碑を立てるだろう。先代の革命家が異国での革命への熱い情熱を叙述し、清王朝を倒すために秘密に行動し、計画し、呼びかけたことを……私たちの新しい中国よ、華夏人の覚醒をうながすために！）

易象は革命実現には多くの先進的な青年が必要であることをよく知っていた。特に自分の甥の田漢はそうだった。彼が革命の知識を勉強するように熱心に励まし、革命の指導者たちと接触させ、革命思想の論考を積極的に投稿させ、青年たちの願いを表白させた。

そして、田漢に李大釗宛に手紙を書かせ、革命の真理を追求し、革命の理念の指導を仰ぎ、革命の誓いを立てさせた。さらに『神州学叢』、『少年中国』などは、田漢が投稿した優れた雑誌だった。若き田漢が戯曲やたくさんの論考を書いたが、それらは全日本、全中国で発表され、田漢の素晴らしい作品として残されることになった。

易象はこのように田漢の育成に力を注ぎ、世に送り出した。

易象は田漢の能力を信じ、あらゆる仕事を成し遂げると信じていた。

易象は田漢を一人の中国文学青年として、重点的に起用した。

易象は非常に賢明に田漢を評価し、諦めることなく彼を文学界の多方面で花開かせたのだった。

第七章　悲惨な現実、革命のために犠牲となる

一九二〇年の冬、孫中山が易象などの革命党員を率いて、長沙に行き、譚廷闓の追放を計画した。この計画は非常にうまく運び、成功した。しかし、譚廷闓の残党はそのまま引き下がらず、報復の機会を虎視眈々と狙っていた。その報復手段として中核の革命党員暗殺が企てられていた……。

陰謀は計画され、機会と時期が探られ、やがて襲撃の準備は完璧になっていった。

だが、革命党員はそうした陰謀に誰一人気づかずにいた。

我々の偉大な英雄、勇敢な革命党員の易象もそうだった。

易象の弟・易虎臣はずっと兄と一緒に学び、一緒に暮らしていた。それだけに兄の行動には常に関心を持ち、兄の生命の安全にはいつも非常に心を砕いていた。敵が兄を暗殺する恐れがあったため、用心し、万全に備えるようにといつも彼に注意していた……。

しかし、易象は弟の注意にあまり耳を貸さず、いつも通りに活動していた。だが敵は易象を捕らえ、暗殺する機会を狙っていたのだった。弟の易虎臣は胸騒ぎを覚えていた。スパイかもしれない人物たちが密かに尾行したり、家のまわりを嗅ぎまわったりする姿も見かけていた。そのため弟は警戒を強め、防備をさらに強化した。

「兄さん、最近、敵のスパイが増えたようだから、用心して下さい」

「大丈夫だよ。何も起こりはしないさ！」

「ここからどこかに移った方がいいと思うけれど。ここは危険です」

「何も起こらないさ。おまえの取り越し苦労だよ」

弟がどんなに説得しても彼は聞き流すばかりだった。仕方なく、弟は先ず自分から行動で示そうと安全な所に移った……それが兄との永遠の別れになるとは考えもしなかった。弟・易虎臣はあのとき引きずってでも一緒に転居していれば兄はむざむざ殺されることはなかったと激しい後悔に襲われた。もっとも大切な、もっとも尊敬していた兄はもうこの世にいないのだ。易象がもっとも愛した甥の田漢、もっとも愛した長女の漱瑜の二人はまだ東京で研鑽中だった……誰がこのような突然の非情なできごとを想像できただろうか。

一九二〇年一二月二五日の夜だった。湖南長沙市木牌楼に軍閥の兵士たちが易象の家に夜襲をかけ、なだれ込んできた。易象、李仲麟など七人が捕えられ、軍閥の趙恒惕が即座に一切の後腐れを残さず、撃ち殺せと命じた。

易象は大義のために決然として戦った偉大な英雄であり、敵の脅迫に屈服せず、傲然として刑場に上がった。敵は銃殺前に易象に聞いた「何か言い残したいことがあるか?」

易象は筆を求め、辞世の詩を書いた。この優秀な革命党員を賞賛し、敬意を現し、頭を垂れない者はいないにちがいない。革命のために命を捧げたこの偉人に対して。

もっとも早く共産党に接近し、もっとも早く孫中山に従い、もっとも早く共産主義思想を広めた易象は、中華民族のために一生を捧げたのだ! 彼こそ英雄、烈士であり、中国共産党のもっとも優れた一人と称えられて不思議はないだろう。

易象の父親・易道生は慟哭した。息子の輝いていた四〇年間が敵の手にかかって奪われてしまったのだから。父親は易家の猛将、英雄である息子の亡骸を長沙東郷楓林港付近の銅銭譚の麻坡に親族を率いていき、そこに埋葬した。

共に革命に参加し、戦った林伯渠（五歳年下）、林修梅たちは長沙で犠牲になった易象など烈士の追悼会を開き、易家の一族も参列したが、彼らを奪われたことは湖南革命党にとって大きな損失となった。


彼は革命に希望を託し、歴史を尊重し、私心を捨てて進歩を追求していった。

孫文に従い、国家統一を求めた。そして中華民国成立後の一九一二年一〇月二一日に彼は紹介人の朱小屛を通じて「南社」に加わった。登録番号は三〇九だった。そのとき同時に入社したのが黄興で、黄興の登録番号は三二三、李書城三二四だった。易象の登録番号の方が彼らより先であった。

一九一四年二月九日に東京にいた易象に『南社叢刻（集刻）』という雑誌が届いた。この雑誌は若者たちが革命を追求する思想を著わした叢書だった。送り主は上海の柳亜子だった。

日本という異国にいながら中国の組織から送られてきた雑誌は易象にはとにかく嬉し

かった。しかも柳亜子先生が易象の日本での住所を掴んでいたことだった。当時の革命党はすべての若者に関心と熱意があったことを示していたからだった。易象はすぐに手紙を出した。

南社に参加したころのこと、古い仲間のことを思い起こし、手紙の末尾にはこう記した。「易象はずっと耐えてきましたが、これからは南社のために人生を捧げていくつもりです」と。

七月に南社の林伯梁と共に積極的に孫文を支援するため「中華革命党」に加わったのだった。東京で活動しながらも柳亜子先生との文通は途切れることはなく、易象は柳亜子先生の編集した雑誌にも投稿していた。

もともと詩を好んで書いていた易象は雑誌や新聞に自作の詩を発表していた。たとえば、

春水河茫茫
一去不復悔
誓将鉄血紅
研就乾坤碎

といったように、革命への高ぶる気持ちと戦う覚悟がほとばしるような言葉となって表現されている。

一九一六年四月出版の『南社叢刻（集刻）』一六集には、易象の三編の詩が掲載されている。

これらの詩で易象は革命への熱情を示して、日本から反袁世凱の闘争に加わっていったのだった。彼はさらに東京で革命党の要人李大釗とも交際をするようになっていた。李大釗の人間性と文学、崇高な革命への意志を非常に尊敬し、謙虚に学んだ。そして、甥の田漢を李大釗に紹介し、田漢をさらに一歩、革命への道に導いた……。

それは文学青年田漢に大きな力を与え、日本への留学の意義はさらに大きく、さらに明確となった。易象は政治的視点も合わせ持った人物を田家に育てたいと思っていたのだ。

第八章　李大釗主編『少年中国』と田漢

山のような原稿が机の上に積み上がられている。すべて田漢が書いているもので、戯曲、詩、論文、スケッチ等々彼のペンの動きは止まることを知らなかった。みずからの文学世界の大海に飛び込んだものの、しかし、自分の方向性は定まっていなかった。

田漢は伯父易象の奮闘する姿を見ながら、それとは異なる方向へ視点を定め、中国の置かれている現状の改革に文芸によって戦おうとしていた。

日本の田漢研究者の一人、小谷一郎先生は「田漢が日本に留学したその期間に大いに努力を重ね、深く研究し、文章を書き、実績を残していったが、なかでも「詩人と労働問題」は努力の結晶といえる」と語っている。

田漢には易象の大きな期待、自分の目標の実現、さらには母親の夢の実現、弟たちへの責任、それらに応えるために彼にあったのは筆一本による文芸活動だけだった。田漢にはそのことがよくわかっていて、なにがなんでもそれを実践し、成功させなければならなかった。彼はそうすることが不可能とは思っていなかった。常にそれが目標となり、事実、田漢の一生は筆一本で生活し、押しも押されもしない文芸家になったのだった。

一九〇〇年代に近づくにつれ、中国は腐敗し、弱体化した清朝政府が自己破滅の道を歩んでいた。改革派と清朝政府は対立し、妥協の糸口はつかめず対立はさらに深まっていた。社会は混乱を極め、改良派の梁啓超すら「わが国は永遠に国会を開くことはできない」というほどになっていた。清朝政府の役人たちは自分の利益だけを考え、国を守り、人びとの生活の安定や安全などは視野に入っていなかった。場合によっては国を捨て、国外に逃亡することさえ考えていたのだった。

中国各地域で清朝政府に反対する抵抗運動や武力衝突も起き始めていた。社会的にはアヘンが中国人の精神と身体を蝕み、まともな家を持てない人びとが路上に溢れ、何もかもが疲弊していた。

一方、一九〇八年一一月二日、清朝政府は新しい皇帝の即位式典を執り行なったが、即位したのはわずか三歳の愛新覚羅溥儀だった。誰のための、なんのための儀式さえもわからず、自分にひざまずく大人たちに戸惑い、じっとしていることだけが苦痛な幼子だった。溥儀は泣きながら叫ぶのだった。「こんな所いやだ。もう我慢できない。あっちへ行きたい」と。

父・醇親王が宣統帝（溥儀）の摂政王となったが、この子がひたすら泣かないことを願い、泣こうとするのをなんとかなだめることが重大な役割だった。「もうすぐ終わるから、泣かない、泣かない」この一言が溥儀をなだめる武器だった。なぜなら儀式が「もうすぐ終われば」遊びに行けるからだった。

しかし、この「もうすぐ終わる」は清朝政府の終焉を言っていたことにもなった。一九一一年、孫文らが導く中国同盟会が辛亥革命を起こし清朝政府が打倒され、一九一二年に中華民国が生まれ、溥儀は一九一二年二月一二日に退位した。しかし、その後の中華民国は臨時大総統となった孫文に対して軍事力をバックに袁世凱がその地位を奪ってしまい、再び封建的な政治体制に逆戻りを始めていた。

その頃、東京に留学していた田漢は祖国の動きを注視し、革新的な思想の持ち主だった易象は社会の変革を追求する進歩的な精神に満ちていた。こうして易象の紹介で李大釗との文通が始まった。

そして、柳亜子が中国で発行していた革新的な雑誌『少年中国』を送ってきてくれた。田漢に投稿を促し、それに応えた田漢の名が次第に知られ始め、やがて文学面でロマン主義を主張する「創造社」の活動にも積極的に参加するようになり、田漢はさらに注目されるようになった。

勤勉で努力家の易象の甥が日本に来ていることを李大釗は知っていて、田漢を積極的に法政大学で政治学を学ぶように勧めた。それというのも易象、李大釗二人がともに政治学を学んだからであり、田漢に政治学か、文学、いずれかの選択をさせた。田漢にとって文学こそがみずからが歩む道であり、文学を通して革新的な精神を広く人びとに伝えられると信じていた。それ以降の田漢は文学一筋で、その思想信念も揺るぐことはなく、ひたすら歩み続けることになった
文学作品で政治的役割を果たす、これが若き田漢の選択だった。易象の勧めで南社のメンバーとなったことで革命精神を学び、田漢の文学的活動の出発点となった。

日本に留学し、東京での生活を通して祖国の動きに敏感に反応し、田漢は不滅の文章を多数書き残すことになった。それらは今も光り輝いていると言えるだろう。

第九章　我々の悲しみ、全てが暗くなる

田漢と従妹の漱瑜は東京に一緒に戻り、互いに助け合い、互いに思いやり、互いの思いを十分に吸収し、浮き立つような気分に浸っていた。若い男女が互いに恋するとき、「幸福」などという文字では表現しきれるものではなかった。毎日が甘い蜜のなかに浸り、とろけるような愛の温もりに包まれ、愛を確かめ合っていた……。何も怖いものはなく、何もかもが輝いていた。

田漢は着実に脚本を仕上げ、発表し、何編もの文章が新聞に掲載されていった。毎日、机の前に座り、目が痛くなり、手が痛くなるまで執筆に没頭した。夜、電灯の明かりが薄暗かったため、夜間の執筆はなるべく早く切り上げ、昼間、太陽の自然光のなかで創作を続けた。

「兄さん、そんなに執筆に没頭していて疲れないの？　視力がますます弱くなってしまうわ……」

「大丈夫、疲れていないから。君のお父さんからは時間を惜しみ、一刻も怠けてはいけないと教えられたよ」

「授業が終わったら近くの公園を散歩しましょう。花見のお供をするわ。夜は電気が暗いから書かないで。その代わり私を見ていて……」と恥ずかしそうに言った。

「漱漱、心配してくれてありがとう、ぼくは机の前に座ってしまうと、つい時間を忘れてしまうから、よし、漱漱の言うとおりにする……」

二人は一日を「仕事」と「休憩」に分けた生活時間表を「創作」「気晴らし」「学校」に作り直した。土、日曜日は図書館か映画館へ行くことにした……二人の住まいは離れていなかったので、生活面でも学習面でも互いに支え合い、励まし合って生活していた。

一七歳の漱瑜は両親から離れ、東京に来た当初は不慣れで戸惑ってばかりいたが、田漢が常にそばにいて生活や勉強の面倒を見てくれた。

文章を書くのが好きだった彼女は東京に来て、雪が降ると「雪」という詩を書き、田漢に見てくれるように頼んだ。その詩に目を通した田漢はその出来ばえに非常に驚き、すぐさまその詩を雑誌に投稿し、掲載された。最初はさして嬉しさを感じなかった漱瑜だったが、田漢が彼女の創作能力、鑑賞水準を向上させようとしていることがわかった。父・易象の願いだった、未来の李清照がそこにいた！

易象は父親として、留学中の二人をずっと気にかけ続けていた。


父親が育ててくれた恩を忘れることなどできない！

父親の愛情を忘れることなどできない！

血肉で繋がっている親の情を忘れることなどできない！

留学させてくれた大恩を忘れることなどできない！

お父さん、私はあなたの教えを一生忘れません……。

おじさん、父親のように育ててくださった恩をぼくは一生忘れません……。

一人が父と呼ぶ、それが易象だった。一人が伯父と呼ぶ実の父よりも身近な恩人、それが易象だった。


一九二〇年一二月二五日、易象は中国長沙の軍閥趙恒惕に殺害された！　それは全長沙市、果園郷、田家垻を震撼させた。国のため、人民のため、真理を追求するため、革命のために一人の秀でた人物が犠牲となった……。この悲しむべき知らせが全国に、そして日本にも伝えられた。一九二一年正月、異国の東京で片時も忘れることのできない恩人として思い続けていた二人に伝えられた。

二三歳の田漢はこの最悪の知らせを聞くや痛哭した。哀れな一九歳の漱瑜も父の死を耳にするや、胸が張り裂けるような哀しみに襲われ泣き続けるしかなかった。

唯一の支援者を失い、これから二人の生活はどうなるのか。

大黒柱がこの世から消えてしまったのだ。

これからの二人は奈落に落とされたようになった。

絶望が二人を襲った。

今や二人が別々に住んでいては家賃を払いきれないことは明らかだった。こうして田漢の部屋で一緒に住み始めた二人は、生活を切り詰め、助け合って生活した。生活費は田漢の原稿料に頼るしかなかった。悲しみ、苦しみ、学業維持の辛さ、異国での困難……すべてが若い二人の留学生の身に襲いかかってきていた。

二人が一緒に住むことでしか生活することはできなかった。

倹約し質素な生活を続けるなかで、二人はいとこ同士ではなく夫と妻になっていた。結婚式もないままの新しい生活の始まりだった。一枚の結婚記念写真さえも残せない貧窮生活だったが、仲睦まじい夫婦が東京に誕生した。

そして、二人は詩によって革命のために壮烈な犠牲となった易象を追悼することを忘れなかった。痛哭、悲嘆……巨大な悲しみも広がっていた。

第十章　東京恋情、仲睦まじく

美しい桜の季節の到来が悲嘆にくれる二人を元気づけてくれた。異国にいる二人に届く便りもなく、二人の傷心を慰めてくれるものはなく周囲の刺激はただ痛みとなって襲いかかり耐えられなかった。

一九二一年の春、田漢が朝早く漱瑜の寮の戸を叩いた。田漢は一睡もしないでじっくり考え、早朝、漱瑜を訪ね、一生に関わる相談をするつもりだった。

「兄さん、どうしたの？　こんなに早く」

「漱漱、ぼくは一睡もしなかったんだ」

「文章が書けなかったの？　それとも他に……何か？」

「ぼくたちのこと、重要なことなんだ!!」

狭い部屋に入った田漢にお茶を出した漱瑜は、愛おしそうに田漢の手を優しく握りながら「私もお兄さんのこと考えていたの……」

その言葉を聞いた田漢はいきなり漱瑜をきつく抱きしめ、すべてを忘れていた。そして、まるでうわ言のように「愛している、愛している。ぼくの漱瑜、ぼくの漱漱……もう離さないぞ！」と言った。

彼女は田漢の熱い思いに心が震え、田漢のほとばしる熱が伝わったかのように田漢の胸に飛び込んでいった。至高の幸福、無私の愛、汚れのない情愛が二人を包んでいた。燃える熱い愛で田漢を理解できる人こそが文学を愛する若者の愛を受け入れられるのだ。彼女は田漢の抱擁に、キスに陶酔し、愛を受け入れていった。

若い男女が深淵な愛の池に落ちた
若い男女が異国で純粋な愛の火を燃やす
長沙果園鎮の若い男女が遠く離れた東京で甘い愛に浸った
決して離れない。決して離さない。二人はきつく抱きしめあった！

いつも原稿用紙に愛について書いている田漢だったが、自分の血と心で愛を実感して、純粋な愛の貴重さ、純愛の寛容さ、純愛の幸福を実感していた。

彼はそっと優しく漱漱の顔を撫でながら、穴のあくほど見つめ、一瞬たりとも彼女の微かな変化も見逃すまいとしていた。田漢にとって初恋の相手の漱漱は彼のかけがえのない命であり、すべてだった。

今、まさしく今しかない……田漢は彼女の手を握り、心を込めて言った「愛している漱漱、結婚しよう」

彼女は思わず目を見開き、胸の高鳴りが聞こえるほどだった。感激と、喜びと、信頼感が湧き上がってくるのだった。

「お兄さん、お兄さん……」田漢にむしゃぶりつき、感激のあまり涙が溢れ出していた。

「離れない。離さないで。愛してる!」


一人は愛する父を失った!

一人は尊敬する伯父を失った!

その二人が東京で寄り添い、愛し合った。

二人とも初恋だった。

いとこ同士だった。

これが東京で起きていたことであり、易象が殺害されて数カ月後のことだった。

彼らには結婚記念写真などはなく、結婚式もなく、親類知人の祝福もなかったが、偽りのない結婚生活が始まった。まさに夫唱婦随の慈しみ合う幸せな夫婦だった。

日本の友人たち、谷崎潤一郎、佐藤春夫、菊池寛たちには知らせ、中国の友人たち、郭沫若、宗白華たちにも知らせた。

結婚式はなかったが、幸せな家庭が東京で営まれていった。


彼らは学習を続け、詩を書き、外に出かけ、観劇もした。

彼らは必死に東京で努力を続けた。

彼らに愛の結晶が芽生えた。


帰国しなければならない。そのままでは子どもが日本で生まれてしまう。

一九二二年末に船のチケットを購入し、荷物を整理、原稿をまとめなければならなくなった。忘れ難い東京に別れを告げ、創作に使った書斎に別れを告げた。東京の劇場、書店、友人、隣人に別れを告げた。

妻はまだ生まれていない子どもと原稿を携えて、名残惜しい日本を離れることになった。夫が創作し、文章を書き、構想を練った書斎に別れを告げ、和服と下駄を脱ぎ、大好きだった日本文化を手放した。でも歌舞伎、本屋街、異文化の香りは永遠に記憶の中にとどまっていた。

一九二三年一月二五日に長男が上海で生まれ、田海男と名付けられた。海を渡る男児という意味からだった。学名は申だった。

田漢は中国の上海に戻ることを谷崎潤一郎、佐藤春夫、菊池寛、村松梢風、金子光晴たちに告げると、彼らは誰もが上海で会おうと言い、少しも寂しそうな様子は見せなかった。実際、後になって彼ら日本人作家たちは、次々に上海を訪れことになるのだった。

上海の内山書店は中日文学青年たちの交流の場だった。多くの文化人、作家たちが交流し、連絡、紹介、談話があり、とても賑やかだった。魯迅、郭沫若、欧陽予倩、田漢、郁達夫などが上海の内山書店の重要な常連客だった。

上海は田漢夫妻の帰国後の重要な場所となった。

父親の易象の逝去後、田漢夫婦は多くの詩を書き、文章、詩を通じて内心の苦痛と悲しみを表現した……

田漢の悲情の詩は、伯父が殺害された後、いとこ同士が一緒になった日に書かれた。
貴方の顔が私の瞼に焼き付いています
私たちの涙が一緒に流れ落ちていきます、ああ！
貴方の心が私の心から離れません
私たちの心の中の炎を一緒に立ち昇らせよう、ああ！

易漱瑜は父の易象が逝去すると、涙を流して詩を書いた。
私は父のために泣きます
ああ、父よ、敬愛する父よ！
昨晩また貴方の憂鬱な顔を見ました
無言の苦笑いでした
私が話しかけようとしたら

貴方の姿が見えなくなりました
貴方はなぜ現れたのですか
一言も言わずになぜ貴方の娘の前から消えたのですか
その三、四日前の夜を思いだします
母と家族に見捨てられた夢でした
酔ったように泣いていました
誰一人、尋ねてくれませんでした
突然、貴方が紺色の服を着て、青布のズボンを履いて現れました
寂しそうに無言のまま私の前を通り過ぎようとしました
私が急いで走り、手を伸ばし服を掴んで泣きました
遭遇したことを伝えました
でも貴方はただ無言で苦笑しながら私を見つめていました
お父さん、もう二度と戻ってこないのですね……

これらの作品はすべて東京で書かれ、『南国特刊』第二〇期に発表された。

二人は激しい悲痛の中で互いに励まし、互いに助け合い二人の愛はますます深くなっていった。異国の東京で二人の愛の物語は密かに紡がれ、世間を、境界を乗り越えていった。

第十一章　中国人民の友、内山完造

内山完造（一八八五年一月一一日、岡山県に生まれ、一九五九年九月二〇日、北京で逝去）について興味深いのは、彼は非常に中国が好きだったことだろう。名刺には中国式に「鄔其山」と記されていて、長く上海に住んでいた。

北京で挙行された国慶節十周年式典に国賓として招待されことを光栄に思い、高齢ではあったが東京から北京に向かった。しかし、国慶節前に倒れ、北京の協和病院で数奇な生涯を閉じた。あるいは神が内山が脳出血によって最後を迎える日を大好きな第二の故郷である中国になるようにしたのかもしれない。妻の内山美喜子は上海に住んでいたとき病死していて、二人は上海の万国共同墓地に一緒に埋葬された。

内山は一九一三年、「大学目薬」として知られた参天堂の出張店員として、上海に赴いた。それから三〇年以上、上海を離れなかった。一九一七年に夫人と上海に居住中、大通りに面した家を見つけ、妻の名義で「内山書店」を開業し、キリスト教の書物や一般の日本語書物を販売するようになった。

中国語の本やマルクス主義関係の書籍も置いていたが、共産主義に関する進歩的な書物の売れ行きが非常に良かった。もっとも良く売れたのが魯迅先生の各書籍で、その後、魯迅先生の書物の代理店になった。誠心誠意、進歩的な中国の若い作家たちを応援していた。

ある人がこう言った。

中国の書店にはない本でも内山書店にはあり、中国の書店が恐れて置かない本でも内山書店には絶対ある、と。

一九一六年から一九四七年まで内山夫婦はずっと虹口千愛里二弄（路地という意味）三号に住んでいた。夫婦はこの書店を愛し、中国人の読者を愛した。日本の書店の誠実な仕事ぶりや良い習慣を上海に持ち込んできたと言える。モダンな上海、眠らない上海のなかで静かに本が読める場所となっていた。それは当時、非常に珍しく非常に歓迎されていた。大学の教員、若い文学愛好家、読書好きな人たちで日本が好きで、片言の日本語が話せる人が足を止め、この温もりが感じられる小さな書店を好んだ。お茶があり、ケーキがあり、ソファーがあり、会話を楽しんだ。何と言っても感激するのは、内山書店にいると、身長はそれほど高くなく、黒髪に黒い口髭の長い中国服を着た有名人——周樹人（魯迅先生）に会えることだった。

朝早くの開店から夜の閉店まで、毎日百人以上の客が訪れていた。内山夫妻はある程度、収入が安定してくると、真の中日文化交流の土台作りに専念し、苦労もあったが大いに成果も得ることができた。

漫談会——常に文化人が歓談する会を開く空間で、互いに考えを述べ、情報を交換する素晴らしい場所で、誰からも歓迎されていた。

彫刻教室——一九三一年に内山嘉吉先生（内山完造の弟）が兄を尋ねて上海にやって来た。彼はアマチュアの彫刻愛好家で、一組の彫刻刀セットを持参してきていて、一枚の板に彫刻を始めた。それを内山完造と魯迅が見ていて、彫刻教室を開くことを思いついた。こうして彼の名前が歴史的に残されることになった。

消寒会——内山書店は中日文化人を繋ぐ場所として最適だった。帰国した中国人留学生が日本語で話したい、日本の新聞を読みたい、文化交流に参加したいと思ったら、必ず誰もが内山書店にやって来た。谷崎潤一郎、佐藤春夫、菊池寛、村松梢風など日本の作家が初めて上海を訪れると、いちばん最初に立ち寄るのが「内山書店」だった。内山完造を通して、多くの上海の文学青年や芸術家と知り合うことができたからである。

電話がなかった時代のことだけに情報の伝達には、

①内山完造か奥さんがすべての文学青年の家に伝えに行く。内山完造が田漢の家まで行き、田漢に内山書店に来るようにと知らせたことがあった。筆者の父の田洪が何回か応対したことがあった。内山完造はとても暖かい心の持ち主だった。

②予告を黒板に書く。新刊本の発売予告、人気本の入荷予定、作者のサイン会予告、漫談会、消寒会の通知などであった。

③手紙やはがきでの通知。郵便局を利用した通知は大いに効果的だった。すべての人びとに届き、彼らは喜んでイベントに参加した。

熱心な文化の伝播者だった内山完造には大きな拘りがあった。それは読者を喜ばせ、多くの文化知識、情報を伝えることだった。作家にとって自分の作品が出版され、書店の書棚に並ぶことは大いに嬉しいことだった。読者が本を購入し、嬉しそうに内山書店を後にする姿がますます増え、内山完造の経営スタイルはますます知られるようになり、店はますます大きくなった。

閑話休題

筆者（田偉）は二〇一六年に神戸から東京に転居した。ある日、神保町にある論創社の森下紀夫社長に会うため古書店街を歩いていると、突然、大きな看板が目に入った。「内山書店」とあった。私が行ってみたいと思っていた書店がそこにあった。社長に会って挨拶したいけれど、日本では事前の予約なしでは会えないだろうけれど、とにかく店内に入っていった。

店内にはどんな宝石よりも貴重な書籍がびっしり本棚に並んでいた。扱う書籍はほとんどが中国語のものだった。中国で最近出版された書籍もあり、すべて日本円に換算されて売られていた。

奥に行って美しい若い店員にそっと名刺と本の案内を差し出して訊ねた。「すみません、私は初めてお店に来ましたが、社長さんはいらっしゃいますか?」

「そういうことでしたら、少々お待ちください。電話してみます」店員は私の名刺を手にして、社長の専用電話に事情を説明していた。やがて笑顔で私に言った。「タイミングが良かったみたいです。社長のお父様が来ていて、すぐ降りてきます」

なるほどと著者にはようやくわかったのだが、現社長は四代目の内山深氏で、前社長は内山籬氏だった。二代目社長の内山嘉吉氏はすでに亡くなっている……内山籬氏が降りてきた。

金縁の眼鏡をかけ、中肉中背で真っ白なシャッツを着て、微笑みながら私に名刺を差し出した。私は恐縮しながら名刺をいただき、簡単に訪れた理由を説明した。

著者は思わず聞いてしまっていた。「あのー、私の著書『国歌八十周年』はお店にありますか?」

内山籬氏はすべてを把握しているように本棚の前に行き、一冊の本を取り出してきて言った。「この本でしょうか。入荷分は売り切れました」

著者として非常に嬉しかった。まるで親戚の人に会ったように話が弾み、八階の会議室に案内された。著者が非常に感激したことは、彼が二枚の貴重な写真を見せてくれたことだった。一九三一年、上海で内山完造が招待した宴会の集合写真だった。よく見ると伯父の田漢が白いシャッツ、黒い上着を着て魯迅先生と一人を挟んで前列に座っていた。一九三〇年代の中日の若い作家たちの交流を記録した貴重な写真だった。もう一枚は伯父田漢が息子海男を抱いている写真だった。内山籬氏は著者が資料を収集しているのを知っており、とても感謝している。

一二時になると、内山籬氏と第四代目の内山深社長がとても静かな日本料理店での昼食に招待してくれた。田漢と内山完造の友情が二十一世紀の今日、田漢の姪と内山完造の甥との間で続いている……この百年の物語を大切にしなければ。

一九二五年前後、内山完造の自宅には常に日本から上海にやって来た中国通が集まっていた。彼らは上海に魅了され、この眠らない都会が好きだった。その中に塚本助太郎先生がいた。彼は内山書店での漫談会を通して、京劇の名優の欧陽予倩と知り合った。塚本先生は中国の戯曲、演劇愛好者で「支那劇研究会」を組織した。いつも演劇を学び、鑑賞し、語り、研究していて、当時の日本人の間では大きな影響力があった。そして、塚本先生は欧陽予倩先生を講師として招いたこともあり互いに尊敬し、互いに注目していたことは、晩年に出版された欧陽予倩先生の文集に二人の出会いが記されていることからもわかる。

欧陽敬如（田漢の長男・田海男の妻。著者の親戚）が『私の父欧陽予倩』を中国戯劇出版社から出版したが、その本の最後で東京の塚本助太郎先生のご子息・塚本雄之助氏を捜していると記していた。彼らは揃って父親世代に関わる資料を収集しているところだったのである。そんなとき著者が内山籬氏とお会いすると、氏は塚本先生のご子息・塚本雄之助氏の情報を教えてくださったのである。早速、先ずは電話で連絡を差し上げ、その後、著者の自宅での食事会にお招きした。出席したのは、次の四人の方だった。

内山完造の甥	山内籬	七〇代
塚本助太郎の息子	塚本雄之助	八〇代
郭沫若の孫娘	藤田梨那	五〇代
田漢の姪	田偉	六〇代

四人の上海での旧友の末裔たちが東京に集まり、彼らの未完の物語りを語り継ぎ、彼らの未完の小説を書き継いでいく……この感動的な中日文化交流の絆が未来も引き継がれていくことを願うばかりである！

田漢贈沈明徳詩
城圯塔烈炮身眠
戦音依然向海天
装備過時君莫笑
出生光緒甲申年　　漢

この詩は『田漢全集』には未収録のものである。

第十二章　長男の誕生、祖国へ帰る

東瀛七載回家転
携妻孕児人生向
筆耕乃在奮力期
還待上海業績創！

この詩には、七年間過ごした日本から妊娠した妻を連れて上海に戻る田漢が筆一本で生きようとする決意が強く表現されている。

「漱漱、ぼくはすまないと思っている……」

「なんのこと？」

「美しい指輪もなければ、盛大な結婚式もあげられない、たくさんの人からの祝福もないままぼくらは一緒に住み始めてしまった。だから今日、漱漱に改めて告白するよ。愛している。君なしには生きていけないんだ！」

「私はあなたを愛しています。指輪や結婚式なんて、お金がかかるだけ。あなたはもう私たちのための盛大な結婚式をしてくれたでしょう……だってあなたは自分の作品にそれを書いているし、私も作品の中にいるじゃないですか。いつもあなたと一緒にいるだけで私は幸せよ」

「愛している、漱漱。君はぼくのすべて。どこにも行かせない。ぼくは二人のための文章を書くよ！」

彼女は彼を暖かく見つめていた。彼女は彼のことがよくわかっていた。田漢は幼くして父親を亡くして苦労を背負い、母親の優しくも厳格な教育を受け、私の父・易象の暖かい指導もあって自分に打ち勝って生きてきたことを。そして、兄として二人の弟のことも常に心配していた。日本での生活は切り詰め、一心に創作に没頭しながら、筆一本で家族を助け、身内を養うという大きな決意をしていたことを。

漱瑜は田漢の胸に抱かれながら甘い夢をみていた。この人はきっと美しく新鮮で驚くような文章世界を作ろうとしているにちがいないと。

田漢は七年間にたまった原稿、書籍、手紙などを箱に入れ、船便で上海の友人宅に送り、中国の新聞社、雑誌社に帰国すること伝え、教壇に立てる大学を探し、編集関係の仕事ができる職場を探した。また上海の友人にアパートを探してもらったり、各方面の友人に連絡も入れたりもしていた。

さらに東京から長沙の果園郷に手紙で弟たちと上海にきて一緒に住もうと母親に知らせていた。人生の楽しさは分かち合わなければと、漱瑜の母親にも……。

田漢が上海に帰って来るという情報はたちどころに広まっていった。青年たちは心身ともに血気盛んで、誰もが壮大な人生設計を描き、温めているものであり、青春の素晴らしさがそこにはあった。

東京から横浜に着いた田漢と漱瑜はもう一度、振り返り名残惜しい東京の方向に目を向け、そして、漱瑜の手を引いて乗船した。富士山には登れなかったけれど、今度日本に来たときの楽しみにしよう……。

「漱漱、気をつけて、滑らないでね、お腹の宝物、大切にしないと」

「はい。これは二人の愛の結晶ですものね。これから帰る上海の生活はどうなるのかしら?」

「ぼくから母、弟たちと漱漱のお母さんにも知らせてあるよ。みんな上海に来るだろうと思っている。漱漱が無事に子ども産んだら、二人でまた活動を始めよう。二人にとって永遠の記念に何かをしよう!」

いちばん田漢のことがわかっていた漱瑜は、彼がすべてを文学を通して表現しようとして、頭の中で一枚、一枚、美しい絵を描いていることを知っていた。

ああ、祖国。ああ、上海。

私たちは帰ってきた、母なる大地が私たちを出迎えてくれた!


最初に住んだのは上海哈同路民厚里だった。文学の仲間たち、芸術家、身内の者たちそれぞれが二人の新居を訪ね、祝ってくれた。一九二三年に帰国した田漢にはいちばん幸せな時期だった。愛する妻が常にそばにいて、毎日が充実し、妻の性格、気立て、好みもわかってきて、二人は結婚の幸せな日々を思い存分享受し、その温もりの中にいた。

一九二三年に二人は『南国月刊』という雑誌を創刊した。夫婦二人が力を合わせて編集、出版した雑誌だった。

それは田漢が妻に献げた情だった！

それは田漢が妻に献げた愛だった！

それは田漢と易漱瑜のいちばん盛大な結婚披露宴だった！

これは終わりのない二人の愛の絆だった！

田漢が心に描いた夢であり、田漢が妻に献げた豪華な贈り物だった。すべてがそこに凝縮され、もはやそれ以上の言葉は不要だった！

漱瑜は強く思うのだった。あなたは世界に誇れる才子、世界にこれ以上の人はいない私の夫、世界で唯一無二の私の恋人と。

日本から上海に戻り、三年間が過ぎていた。一九二三年初頭に生まれた海男も少しずつ大きくなっていた。田漢は目に入れても痛くないほど可愛がった。聡明で可愛い男の子だった。若い夫婦が慈しんだのはもちろん、祖母も慈しみ、弟の田洪も田源も可愛がった。家族の誰からも愛されながら海男は日々成長していった……。

だが……、幸せな日々の中で母・漱瑜の身体に異変が襲ってきた。産後、自分の身体を労《いたわ》らなかったためか、いつまでも咳が止まらず、それが持病になってしまっていた。やがて体力が減退し、食欲がなくなり、口数が少なくなり、気持ちがふさぐようになり、子どもを抱こうともしなくなっていった。

田漢の心痛は計り知れないほどだった。心許ない気持ちと不安が膨らみ、耐えられないほどになっていった。

「漱漱、どうしたというの？　ぼくらは力を合わせて一生懸命やってきているじゃないか。そんなときになぜなんだ。お願いだから、ぼくを一人にしないで！」

一九二五年年一月十四日、わずか二二歳の漱瑜が田漢を残して、この世を去った。

一九二五年九月十九日に田漢は漱瑜を悼む詩を書いている。

歴尽艱辛願尚乖
双双忍見旧時鞋
随将誉悔無辺月
踏逼桜花第幾街

南通旅况不可憶
西子避踪難去懐
待到一身人事尽
猖狂乞食到天涯
生命之中唯一的一個春天

二人の日本での苦しくも楽しかった日々を振り返った詩は、田漢のどうにもならない悲しさを表出させている。

第十三章　「風雲児女」の主題歌、「義勇軍進行曲」国歌誕生

上海は美しく、不夜城とも言われ、文人墨客が訪れる都市だったが、なによりも田漢家族にとっては再会の土地となった。

上海フランス租界金神父路打甫橋日暉里四一号、母親の克勤が初めてその顔を見た初孫の田申（海男）の誕生の地であり、田漢が七年間の留学後、上海での居住地となった地であった。母の克勤は成長した三人の息子たちと一緒に暮らせることに無上の喜びを感じていた。仏を信じ、一家の繁栄を祈ってきた甲斐があって、その苦労がようやく実ったのだった。家族の者はテーブルを囲んで母が語る田家のこれまでの話に耳を傾けた。そして、長男の田漢は兄弟がしっかり生きて、上海で大きく成長しようと語るのだった。

田漢自身、「南国社」を創設し、さまざまな可能性を秘めた上海で粘り強く生活し、仕

事を続けていくことで、文化活動をさらに堅実に発展させ、拡大させていくつもりだった。田漢は原稿の執筆、シナリオの企画、映画撮影、上海大学と復旦大学で教壇に立ち、朝から晩まで働きづめだった。だが弱音を吐くわけにはいかなかった。一家を養うには自分の能力とエネルギーを全開し、知恵を絞りチャンスを掴まなければならず、自分の働きで母、弟たち、幼子の生活を支えていたのだから。

田洪は勤勉、誠実で長沙でもそうだったが上海でも必死に母を守り、兄を支え、弟の世話をしていた。しかし、誰よりも気配りをし、気遣ったのは甥の「海男」だった。彼は毎日の食事の采配から家庭内の事柄を処理し、兄の文章を管理し、新聞社や出版社への原稿の手配をした。田漢の原稿料で一家の生活が支えられているだけにおろそかにできない仕事だった。

田源は上海から日本への二年間の留学経験があり、自分の確かな目標と夢を持っていた。やがて兄・田漢の紹介で延安に赴き共産党軍の兵士となった。その後、新四軍に加わり中国の解放戦争にその身を献げていった。上海を離れた田源が再び家族と顔を会わせる機会は二度と訪れることはなかった。田家の革命に身を献げた烈士碑がまた一つ増えていた。田源の戦死を田漢、田洪は母親の克勤に知らせなかった。時がたち、いつまでも戻らない田源に母親もうすうすわかっていたのだろうが、決して田源の死を口にはしなかった。母親にとって三人の息子はすべて自慢の息子たちだった。

筆者の父・田洪と祖母・克勤は田源の誕生日にはテーブルに田源の箸を並べ、一家で田源もそこにいるかのようにして一緒に食事をしたものだった。

中国左翼作家連盟は中国共産党の指導の下で徐々に発展し、優秀で革新的な文学青年たちが育っていった。一九三二年二月、劉保羅を通して瞿秋白代表を紹介し、田漢、丁玲、葉以群の三人が上海で秘密裡に共産党に入党した。入党後の田漢は共産党と人民のために犠牲的な精神を発揮するようになり、彼の創作にも変化が現われ、最初の革命精神を奮い立たせる進歩的な歌曲を創作し、感動を呼ぶ戯曲を書き始めた。そこには共産党の革命事業に忠誠と模範を示し、すべての創作任務を果たす決意があった。

そして、若者の文学的関心を育て、革命への火種を大きく燃え立たせるつもりでいた。みずからが革命の旗印となってすべての愛国者に影響を及ぼすのである。

一九三五年一月、上海金城大劇院で田漢が創作した映画「風雲児女」が公開され、連日満員の盛況となった。もっとも注目されたのは田漢が作詞し、聶耳が作曲した「義勇軍進行曲」だった。「立ち上がれ、奴隷となることを望まぬ人びと……」という歌詞はあまたの中国人を目覚めさせることになった。

聶耳は一九一二年二月一四日に雲南省で生まれ、幼い頃から音楽が好きで、みずからの人生切り開くため大都市上海に出てきた。彼はそれ以前から上海で文化的有名人だった田漢の名前は知っており、音楽仲間を通じて田漢を訪ねた。

田漢はこの若者と会って、音楽の話や中国の情勢などを話すうちに彼の才能を前向きに育てて、革命への道を歩ませようと考えるようになった。こうして一九三三年四月、田漢の紹介で中国共産党に入党した聶耳は党の文芸に携わる人間として活動を始めた。互いに信頼する仲となり、田漢作詞、聶耳作曲の作品が次々に生まれた。

一九三三年　開鉱の歌　　映画「母性の光」
一九三四年　前進歌　　劇「揚子江暴風雨」
一九三四年　卒業歌　　映画「桃李却」
一九三五年　春が来た、南洋に別れを告げる、慰労の歌、梅娘曲　　劇「回春の曲」
一九三五年　打長江、采菱歌　　映画「凱歌」
一九三五年　義勇軍進行曲　　映画「風雲児女」

第十四章　田家二世代（田漢・田偉）が天安門広場閲兵式に参加

ああ、祖国よ！
雄大な天安門
聖なる人民英雄記念碑
広大なる天安門広場
毎年、この場所で壮麗なパレード
毎年、全国から代表が臨席し
世界に向けて中国国歌が響き渡り、
輝く五星紅旗が天空に翻り、
陸、海、空軍による強大な陣列、

千人を超える音楽隊、中国各地域の演舞や音楽。

十万人が埋め尽くした天安門広場は偉大な中華民族の安定を求め、努力して前進していく願いが一つとなっている。


一九四九年一〇月一日、田漢は新中国の名誉ある文化工作者として天安門城楼に立ち、感動的に毛沢東主席の宣言を聴いていた。

国旗が揚り、国歌の演奏が始まった。「義勇軍進行曲」が聞こえてくると、田漢の目から涙があふれ、頬を伝っていく。その重厚さ、力強さ　尊さに感極まったからだった。

雲南の音楽青年で優秀な中国共産党員の聶耳は一九三五年七月一七日、日本の藤沢市鵠沼海岸で永遠に我々から去って行ってしまった。二三歳だった。

田漢が天安門城楼上で聴いた国歌から思いを馳せるのは一九三五年の上海だった。苦難の中で創作を続け、侵略戦争への戦いでは無力感に襲われ、打ちのめされたこともあった。しかし、力強い詩、文章によって光明を求め、田漢のペンが動きを止めることはなかった。勇壮な歌詞とみごとなまでの作曲、それがみごとにかみ合っていた。これこそ中国民族の雄叫びであり、世界に誇れる国歌だった。

永遠の国歌、そして歌詞
永遠に歌われ続ける国歌
永遠に輝く田漢、聶耳。

だが、聶耳は国歌となったみずからの曲を聞くことはなかった。

一九四九年一〇月一日、祖国は解放され、毛沢東主席は人民から歓迎され、祖国が強大に成長していく。息子の田海男と共に式典に出席できた喜びを田漢はかみしめ、さまざまな思いが去来していた。

それから七〇年後の二〇一九年一〇月一日、中日友好に尽力してきた田漢の姪である田偉が天安門城楼上に立った。

国務院僑務弁公室、中国湖南省僑務辦公室、中国駐日本大使館の推薦で日本在留華僑として建国記念日の行事に招かれたのである。田家の誇りであり、大変光栄なことだった。

それより前、国慶節の閲兵式への招待の連絡が電話に入った時は信じられず、感激で声も出ず、涙があふれてきていた。そばにいた友人もびっくりしながらも祝福してくれた。

思えば一九八八年九月二三日、筆者は北京から日本へ移って来たのだった。見送ってくれた両親、兄妹たちの言葉が今も忘れられない。「私たちの嫌いな国へ行くおまえだが、聶耳が亡くなった七月一七日の追悼会には田家の代表として必ず出席するように。おまえが日本に行くのにはこうした特別な意味もあるんだよ」

来日して三〇年間、中国人であること、田家の一員であることを忘れたことはなかった。

次の「異国にあって故郷を想う」は来日三〇年に際して作った詩だ。

湘江水育我成長
芸専苦錬琵琶響
音傳偉業国粋魂
掌声喚我追夢広
京城一別三十仿
異郷神戸歌声朗
詠唱仙鶴嬌展翅
歩入人間深情潭

故郷の自然が伝統芸能を学ばせてくれ、更なる活躍の場を求めて故郷を後にして、神戸という異郷で思う存分活動し、人びととの交流を続けている自分を詠んでいる。

筆者のこれまでの人生はすべて伯父の田漢を引き継いでおり、それは異国でみずからの道を前進させていくことだと信じている。

一九九五年一月一七日　阪神大地震が発生し、一年間、仮設住宅生活を余儀なくされた。翌年の震災一周年の一九九六年一月一七日、仮設住宅で慰問コンサートを開催し、「東方文化芸術団」を設立した。これまでに日本各地での公演回数は三百回を数え、日中文化交流、青少年交流も進め、海外公演も百回にのぼっている。

この間に著わした著書は『中国から来た花嫁・田偉』『百葉一枝花』『田漢、聶耳 中国国歌八十年』、『田漢と李大釗』である。そのほかに田漢文化講座を開催し、中国から研究者を招いてもいる。こうした活動を続けていると予期しない成果を上げることができるもので、さらに多くの人に田漢、聶耳を、そして中国の歌を知ってもらいたいと思っている。

NPO田漢文化交流会では田漢文化、国歌精神を伝える活動を続けているが、将来は東京文京区に「田漢記念館」を作る夢を抱いている。

二〇一九年九月二七日、練馬文化センターで「田漢・聶耳 特別記念演奏会」を開催した。会場では二人の作詞、作曲になる国歌を起立して歌い、四季歌、梅娘、売報歌、夜半歌声、卒業歌なども歌った。こうして日本の人びとに中国音楽の宣伝、拡大に力を注いでいる。

こうして日本での公演を終えた翌日、舞台衣装、装置、楽器を携えて北京へ向かった。中国建国七〇周年記念行事に参加するためだった。

祖国へ戻ってきた感激の中で一〇月一日早朝五時に車で会場に向かい、天安門城楼右側に着いた。午前一〇時、習近平国家主席が開会を宣言し、国歌が会場に集まった一〇万人によって高らかに歌われた。筆者も小さな国旗を手にし、左胸に手を当て共に歌った。祖国で、天安門城楼上で、華僑としてその感慨は特別であり、緊張と誇らしさの中で偉大な中国、祖国にいだかれていることを実感していた。

親愛なる田漢伯父、父母よ、こうして天安門広場で国歌を歌えることを誇りに思い、みずからの使命の実現のためにさらに長い道のりを進んで行きます。

「進め、進め、前へ進め」

第Ⅱ部

全日本華人促統協議会での発言

二〇二一年七月四日 一四時

二〇二一年七月一日は中国共産党建党百周年であり、この特別に記念すべき日に私たち華僑は祖国と心を繋ぎ、共に前進していきます。すさまじい勢いで発展する中国の素晴らしさは、「神舟一二号」が宇宙に飛び出していった雄々しい姿が象徴しているようで、興奮せずにはいられなかった。そして、文学の強国は中国のこれからの目標です。

かつて日本に留学した李大釗、周恩来、田漢、郭沫若たちは新中国を作り上げた第一代の人物であり、私たちは共に先達たちの歩んだ道を学習し、理解し永遠に忘れてはなりません！

一九三五年一月、田漢は映画脚本「風雲児女」の創作をしていたが、その最後に創作されたのが主題歌の「義勇軍進行曲」であり、映画のクライマックスで歌われる歌でした。

上海電通会社撮影で、五月二四日から上海の金城大劇院で封切られました。
主演男優は袁牧之で詩人の辛白華を、主演女優は王人美で阿鳳を演じました。
一九三二年に創作された作品で脚本は田漢、作曲は聶耳、監督は許幸之でした。

湖南出身の田漢と雲南出身の聶耳は上海で知り合いました。一八九八年三月十二日生まれの田漢と一九一二年二月一四日生まれの聶耳は一四歳の年齢差がありましたが、この二人によって名作が次々と世に送り出されました

田漢はよく聶耳、弟の田洪、息子の海男を連れて、上海を流れる揚子江に足を運び、作品の素材を探していました。埠頭では労働者が重い麻袋を肩に担いで、一歩ずつ大儀そうに石段を登りながら現場監督に鞭で叩かれるのを目にし、紡績工場の女性労働者が過酷な扱いを受け、新聞売りの少女が一枚の銅貨を手にするために飢えに堪えながら「新聞、新聞」と大声を張り上げているのを目にしました。これら虐げられた姿のすべてが音符の中で強力な武器に生まれ変わりました。芸術家は民衆に育てられ、鍛えられ、成長していきました!
聶耳は田漢の紹介で中国共産党に入党し、そして、田漢の勧めで一九三五年に日本に短

期留学しました。しかし、同年七月一七日朝、二三歳の彼はあっけなく私たちの元から去ってしまったのです。結局、彼は録音された「義勇軍進行曲」を聞くことはありませんでした。彼は中華人民共和国が建国された一九四九年一〇月一日、天安門城楼に流れた国歌を聴くことはありませんでした。中国人が誇らしげに歌う偉大な国歌となったことを知ることもなく。

国歌を歌うことは人民が愛国を表現する神聖な行動と言えます。

一九三六年六月七日、劉良模は上海西門外公共体育場で第三回民衆歌唱大会を開催し、そこに集まった五千人の参加者が一斉に国歌を歌いました。

一九四九年四月、プラハの世界平和大会（World Congress of Partisans of Peace）でアメリカの黒人歌手 Paul Robertson が中国語で中国国歌を歌いました。自由、理想を称えた国家を歌いました。

中国国歌はわずか八四文字、三七小節、四六秒の長さに過ぎません。愛国は中華民族の堅固な発展を誇りとし、国歌をしっかり歌えることから始まると言えます。

二〇一九年一〇月、私は光栄にも国慶節の閲兵式に招かれ、参列しました。天安門城楼に習近平主席、そして主だった要人が立ち並び、十万人の人びとが国歌を合唱したことを生涯忘れません。

台湾解放行進曲

一九五八年九月

海峡の波濤は逆巻き
島の民衆は呻吟し
祖国の領土台湾解放は
中国人民一斉の呼声
必ず台湾、澎湖、馬祖、金門、同胞たちを解放し……
共に祖国の光明を浴びて
歴史の巨大な歯車を推し進めよう

台澎（台湾、澎湖）の祖国復帰を阻止する者は千尋の海峡が墓になる切り倒せない阿里山、流れ尽きない日月譚、いつか台湾省に国旗が翻り、国歌が流れる。

田漢先生は作家として、台湾の統一を心配していました。私たち「全日本華人促統協議会」の全員が心を一つにして、学習を続け、祖国と歩調を合わせ、ここに住む家族として互いに向上し、互いに尊重し、一日も早い統一のため、共に努力しましょう！

本日の大会で私に学習し、共有する機会を下さったことに感謝しております。ありがとうございました。

東京中国文化センター――盛大な一〇〇年の記念講演会

一　内山書店

講師：内山籬先生（内山書店第三代社長）

製薬会社のごく普通の営業マンだった内山完造先生が新しい市場の開拓、販売のために中国の上海に渡りました。これが上海との深い縁になるとはまだ若かった内山完造先生は夢にも思わなかったでしょう。さほど大きいとは言えない本屋が読者の需要と歴史の必要性によって永遠に語り継がれる場所になりました。中日友好交流の場所であり、中日文化の有名人たちの忘れ難い場所となりました。一九一三年に上海に渡ってから今日に至るまで、上海の静安寺路万国共同墓地から虹橋万国共同墓地に改葬され、夫人の内山美喜子氏と永遠に中国にとどまることになりました。

内山籬先生が紹介された大量の資料の中に私たちがよく知っている方の姿を見ることができました——魯迅先生です。若い時に日本に留学し、帰国後、人生の後半に住んだ上海で魯迅先生は内山書店の常連客であり、本を買うだけでなく店内で本を読んだり、お茶を飲みながら内山完造先生と語り合ったりと二人の深い繋がりはこの書店から始まったのでした。

漂泊する遊子たちにとって、内山書店のような暖かい帰る場所があったことは素晴らしいことでした。内山書店は一九二〇年代以降、上海という土地で特色ある書店となっていきました。最初は日本から帰国した中国人学生たちが資料を探したり、本を買い求めたり、日本語を学んだりしようと、まず内山書店に入って行くのですが、社長夫妻の暖かい接客を受けると、その後、何度も足を運ぶ人が増えていきました。衣食にはお金を惜しむけれども本を買うお金は惜しくなかったのです。

そのほか日本から訪ねてくる研究者や専門家たちも数多くいました。この眠らない都市で情報を収集し、演劇を鑑賞し、伝統文化に触れ、多くの友人と出会うことが当時は非常に盛んに行なわれていました。そうした人びとがますます増え、彼らは必ず内山書店を訪ねました。その意味では内山夫妻は多忙な毎日でしたがたくさんの貴重な思い出を残されました。

内山書店と関わりのあった中国人文学者には、魯迅、田漢、郭沫若、欧陽予倩，郁達夫、粛紅、丁玲、夏衍など錚々たる人びとがいました。

一方、日本人の訪問客には、佐藤春夫、谷崎潤一郎、菊池寛、村松梢風、金子光晴、小牧近江、里村欣三、小堀甚二、大内隆雄、升屋治三郎などこれまた錚々たる人びとがいました。

このように人情溢れる内山書店には引きも切らずお客が訪れ、中日友好、文化交流活動の大きな推進役を果たしていました。内山完造先生は最初はごく普通の商人でしたが、やがて大きな志を抱き、その目標は明確で、ひたすら中国文化人に協力し、数々の素晴らしい足跡を残しました。彼は還暦を迎えた際、『花甲録』という著書を出版しましたが、それは中日友好の架け橋となった彼の中国での素晴らしい数十年の記録です。彼が最も嬉しく、誇りとしていたのは大文豪周樹人――魯迅先生との友好交流であり、彼は誇らしげに言うはずです。「魯迅先生のことをいちばん知ってるのは、この完造さ……」と。

一枚の写真があります。当時の文学者たちが内山書店の二階に集まり、楽しく交流している姿が写っています。彼らは上海の雅楼で酒を飲みながら詩を作ることもありました。大いに痛快でこれほど愉快なことはなかったでしょう。内山書店の二階を中日文化人のクラブ、友好のサロンと呼ぶ人がいるほどでした。

戦後、上海の内山書店は閉店することになり、内山完造先生は後ろ髪を引かれながら愛する都市上海を離れ、東京に戻りました。それからは中日友好事業に積極的に参加し、全国を巡り、講演もしました。彼は日中友好協会の創始者の一人となり、たびたび訪問団を率いて、中国を訪問し、一方で中国各界からの訪日には常に一緒に行動をしていました。彼は心底中国が好きで、知識と歴史を尊重し、中国は日本の文化的恩人だと見ていたことが理解できます。

著者が中国文化センターの会場に集まってきていた人びとに目を向けてみますと、皆さんが熱心に昔の逸話に耳を傾け、古い写真を鑑賞しながらそれぞれの思いの中にいるのがわかりました。内山完造先生の甥にあたる内山籬先生は流暢な中国語が話せて、実直に神保町の内山書店を経営し、中国の政治、経済、文学、文化など各種の書籍を販売し、中国の発展と繁栄に大きく寄与してきていました。彼は私に友人の塚本雄之助氏（上海生まれ）を紹介してくださいました。彼の父の塚本助太郎氏は中国戯劇芸術を熱愛した日本人でした。

二〇一七年九月のある日、私は山内籬氏、塚本雄之助氏、藤田莉娜氏（郭沫若の孫娘）などを自宅に招待しましたが、その時撮った四人の記念写真が上海の内山書店の物語を語り継いでいるような錯覚にとらわれたことを覚えています。

地隔歓聚少、志同相助多、烏鵲尚成橋、何畏阻銀河！

今まで会うこともなかった関係者が一堂に集まり楽しい時間を持てた喜びをこの詩では表現しました。

二 郭沫若

講師：斉藤孝治氏（助手として雅子夫人）

重さが一・五kgにもなる上下二冊の大作は出版されたばかりで、老齢の斉藤先生の苦労の末に書き上げられた貴重な小説でしたので、著者は五セットを買い、また友人たちにも勧めました。定価は一万円でしたが十数セットが売れたと記憶しています（講演当日にまた友人たちがその本を購入していました）。実は著者と斉藤先生との出会いもこの本があったからでした。

父親が満鉄の社員だったことから斉藤先生は中国東北の長春で生まれました。幼い時から常に中国と関わる仕事をして何か貢献したいと考えていました。早稲田大学で中国文学を学んで卒業すると、『東京タイムス』に勤め、記者としてその務めを果たしていましたが、どこか心満たされない思いがずっとありました。夢を探し求めていたのでしょう。自分のやるべきことは？　こうして行き着いたのが書くことで、計画的、長期的な奮闘が始まりました。

（一）郭沫若『疾風怒涛』
（二）聶耳『閃光の生涯』
（三）鄭成功『秘話　鄭成功異聞』

出版業界では「巨篇」と呼ばれる作品ばかりで多くの時間、多くの精力、多くの費用を費やしました。これらの作品執筆のために加齢による体力の衰えももとのもせず、常に筆記用具を携えて北京、上海、四川、福建、雲南……彼のパスポートの海外渡航記録が殆ど中国の入管の記録でした。この三冊の本のために二十年あまりの時間を費やし、資料を収集し、人物を訪問し、実証し、執筆対象の子孫に会い、更なる逸話を貪欲に求めて、細大漏らさない探索が進められました。特に郭沫若の旧居、旧作、旧詩、旧劇、旧友を訪れ、苦労を厭わず登山家のように一歩一歩着実に続けられました。

郭沫若は長く日本に暮らし、留学中に多くの中国人と知り合い、「創造社」を組織し、田漢、宗白樺とも知り合い、三人の文通の原稿をまとめ『三葉集』を出版しました。医者になることを諦め、筆を持った郭沫若は恋愛し、結婚し、中国のゲーテになることを志しました。こうして彼は創作に生涯をかけ、感動的な優秀な作品、後世に広く知られる作品を多く残しました。この郭沫若の存在が斉藤先生に執筆を促し、創作意欲をかき立てたのでした。

先生の三冊の著書のもう一人の重要人物、それは聶耳です。彼は一九三五年七月一七日に藤沢市鵠沼海岸で亡くなりましたが、彼の記念碑が建てられ、毎年彼を記念する行事が行なわれています。郭沫若記念館は日本の千葉県市川市真間山にあって、「郭沫若記念館」には見学者が訪れ、在日中国人が多く参観しています。

そして、先生のもう一冊の鄭成功は日本との結びつきが深い人物です。彼の母親は日本人であり、一六二四年（天啓四年八月二七日）に、日本の肥前平戸に生まれました。現在、平戸に石碑があります。歴史変遷と物語の展開は非常に面白く、斉藤先生の優れた表現力が傑出した作品を生み出したと言えるでしょう。

三　田漢と私

講師：田偉（田漢の姪）

偉大な田漢は著者の父・田洪の兄であり田家の風格を作り上げ、日本でも伯父・田漢の評価は高いと言えます。

田漢は演劇大師。その人生は苦難に満ち、その道は多難だった。

田漢は詩人。その筆力はエネルギーに満ちている。

田漢は好男子。母に孝行し、年老いた祖母を気遣った。

田漢は優秀な中国共産党員。永遠に党と人民に忠誠を誓った。

著者は東京中国文化センターで涙を流しながら、初めて静かに聴衆に語った。

一歳～一八歳　湖南省長沙県果園鎮田家村に誕生。兄弟は三人で三歳、六歳、九歳の時に父は逝去。意志強固な母が女手一つで子どもたちを育てる。長男の田漢だけが勉強の機会を与えられた。彼の学習態度は誠実で長沙師範学校に入学。徐特立校長は聡明な田漢を可愛がる。貧しかったため蚊帳を購入できず虫に刺され眠れない田漢を見かねて徐特立校長は彼に蚊帳を買い与えた。彼は在学中に戯曲「三娘教子」を執筆。田漢の処女作だった。田漢は三兄弟分の勉学に励み、いつか母とけなげな弟たちに恩を返そうと思っていた。

一八歳～二三歳　日本の東京

南社会員で革命烈士の伯父・易象が甥の田漢を連れて東京へ向かう。留学期間は七年。その間に創作し、従妹の漱瑜と恋愛、結婚。劇場、映画館に通い映画、演劇、歌舞伎を鑑賞した。文学青年と交友し、谷崎潤一郎、菊池寛、佐藤春夫などの作品を翻訳。革命党員の李大釗同士と交際し、雑誌『少年中国』に積極的に投稿、「創造社」の活動に参加した。宗白樺、郭沫若と三人の文通（上海、東京、九州）をまとめ『三葉集』を出版。戯曲を創作し、みずから演じ、中国のゲーテが誕生。田漢は志を立て、中国のために奮闘努力を続けた。留学中に伯父・易象が反動派に殺害され、生活のよりどころを失う。漱瑜が妊娠し、東京を離れ上海に戻る。男の子が生まれ、海男と名付ける。

二三歳〜五一歳　上海

日本から帰国後、夫婦で『南国月刊』を発行。南国社、南国芸術学院を創設。長沙の母と二人の弟が上海に移り一緒に生活。一家団欒の幸福な暮らしを田漢の筆一本で養う。これは田漢の上海での平凡なしかし、もっとも幸せな生活だった。上海の左翼作家連盟の重要なリーダーの一人となり、中国共産党に入党。さらに若い作曲家・聶耳を紹介し、入党させる。映画『風雲児女』が上映され、田漢作詞、聶耳作曲の『義軍軍進行曲』が全国に広まる。大量の戯曲が上映され、上海に田漢ありと言われるようになる。母や弟たちは兄の田漢を尊敬し、愛し、常に彼を支え、思いやった。共産党中央の指導に従い、抗日活動、後援活動を行ない、中華人民共和国建国まで戦い続けた。

五一歳〜六八歳　北京

一九四九年に初めて毛主席、周総理の直接的指示を受け、北平軍管会文化接管委員会に参加、一連の会議に出席し積極的に活動する。天安門に上がり、北平平和解放祝賀大会の閲兵式に参加。中国戯劇家協会主席、中国戯劇出版社社長、中国戯曲学院院長を歴任。指導と創作面で多忙を極めたが、なお使命を感じ、新しい情勢の中で引き続き努力した。

親孝行も怠らず母と弟の娘・田邵陽、田双桂を専用機で北京飯店に呼び、一緒に新中国解放を祝ったこともあった。彼は当時、北京東城区細管胡同九号に住んでいた。

一九六八年、田漢は文化大革命中に紅衛兵に連行され、二度と戻らなかった。

一九七二年、母は一〇二歳まで生き、息子と孫たちと共に暮らすことを望みながら寂しくこの世を去った。

このように戯劇大師・田漢の生涯は四つに区分できる。彼は真剣に生き、努力を重ね創作を続けたが、惜しくも六八歳で病院で亡くなった（名前は李伍に変えられていた）。悲劇がこの堅強な湖南の男の身に及んでしまった。実に無念の思いに襲われる。

私たちは国歌を歌い、歌詞にあるように「前に、前に進んで」いきましょう。

話劇一一〇周年記念活動のために

——田漢の日本での創作過程

二〇一七年七月二八日

話劇一一〇周年にあたり国外の中国人として初めてこの大会に参加させていただき大変光栄です。私の芸術活動で話劇の影響は幼い時からありました。と言いますのは、幼い時に住んでいた家が劇場だったのです。劇場ですから舞台での銅羅や太鼓の音、セリフの声が部屋まで聞こえてきていました。それらを毎晩のように耳にしていたことが、私の芸術上のこやしとなり、最高の環境で育ったと言えます。

世界でも、中国でも演劇の歴史は長く、現代劇である話劇の歴史にも感動的な物語が途絶えることなく書かれ、演じられてきています。こうして今日、一一〇年を迎えました。

そして、私たちが忘れてならないのは、偉大な田漢の戯劇創作家としての人生です。彼の戯劇創作の出発点は日本に留学した七年間にありました。二〇歳を過ぎたばかりの留学青年が日本でどのように数々の名作を書き残したのか、彼の留学生活を通して考えて見たいと思います。

（一）重い責任を背負い、東京に留学

一人の文学青年が寡婦だった母親と幼い二人の弟と別れ、田漢の才能を見抜いていた母親の弟の易象伯父が日本への留学を勧め、一緒に日本の東京に来ました。伯父はこの甥を厳しく教育し、田漢も伯父の期待に必死に応えようと努力した七年間となりました。

留学中、「新聞を読む」ことが一人の青年のかけがえのない学習活動となりました。田漢は朝起きると、一気に五社の新聞を読み、記事を切り抜いて収集、分類し、伯父との間ではそれらの記事が学びの教材となりました。中国では知ることのできない日本国内だけではなく、世界の政治、経済、文化　芸能などまでも、時には写真と一緒に読むことができました。新聞が一つの物語であり、それらの記事を教材に伯父との会話があり、伯父の教えが田漢の学習向上を促しました。

新聞を読むことで日本の国内外の情勢を分析し、日本の文学界、芸術界、演芸界の状況を理解し、創作し、投稿する計画が芽生え、海外と国内の違いを、国外で生活している意

義を理解し、創作、出版への情熱を強く持つようになりました。

学校では学べないものを、新聞から豊富な知識を吸収し、言葉遣いや表現を厳しく吟味し、内容の是非や正義をみずからが判断していきました。

この伯父の最高学府は田漢の発奮を喚起し、早い成熟をもたらしました。それらは学者が研究するほどの価値がありました。

田家はこの伯父を非常に重んじ、愛し、伯父の顔からは母の期待と弟たちの願いを裏切るまいとする覚悟が見えました。そのため怠惰に陥らず、厳格な態度で学習し、休むことなく創作し、必死に努力する田漢を育成しました。それは愛の鞭でした。伯父は大学の教授以上に天分ある若者を育てたのでした。

時間はまたたく間に過ぎていき、あっという間の七年間だったと言えます。この間に田漢が日本で観た演劇の数、書籍の量、人との出会い、投稿した数はおびただしい数にのぼっています。その意味では田漢研究で日本の七年間は軽視できません。

（二）俳優座劇場、田漢を感動させる

田漢は多忙な学習と文章を書く以外は学校の図書館に通い続けました。ただどうしても

行く所がありました。劇場です。観劇することで若者の情感を、人生を体験したのです。演劇は人生を変え、青春をよみがえらせ、働く術を教え、生き返らせることができるのです。

日本に菊池寛という劇作家がいましたが、その代表作「父帰る」に田漢は最も感銘を受けました。しっかり者で勉強好き、そして感激屋の文学青年だけがたった一人で劇場の隅に座り、劇場に響き渡る声に震撼していました。父帰る……それならぼくの父はいつ帰るのだろうか？　ぼくの父は母と三人の子供を残し、二度と戻ってこない、そう思う田漢でした。

彼は働いて貯めたお金で古書店へ行き菊池寛の作品集を買い、日本の戯曲を中国語に翻訳する仕事を始めるに際し、最初に選んだのが「父帰る」でした。彼は数え切れないほどの文学作品を読み、翻訳に着手しました。当時の田漢の日本語レベルは高くありませんでしたが、なんとか翻訳を完成させ上海から出版することを決意しました。一九二〇年代に上海で刊行された『菊池寛劇作選』がそれです。

田漢の演劇は感動的、歴史的であり、作家の生活体験が反映されており、演劇で父を呼び戻せると考えていました。心の中の父、哀しい定めの母、可哀想な弟たちのために自分がペンで家族の苦難を描写し、舞台で人生の悲しみを表現し、作品の出版で親孝行をするのだと。それ以降、学習、研究を積み重ね、おびただしい作品を書き残すことになりました。

伯父が仕事の都合で上海に戻り、東京に一人残った田漢は学習を続けたおかげで知識が広まり、奇跡が次々に起こり始めました。

上海で田漢が翻訳した菊池寛の戯曲集が刊行されました。日本の新しい創作、演劇、映画が紹介されるようになっていきました。また日本の作家、劇作家、演出家たちは異なる視点で刺激する中国の若き作家の田漢に注目し始めたのでした。佐藤春夫、谷崎潤一郎、村松梢風、金子光晴、小堀勘二、大内隆雄など多くの作家、劇作家が田漢を訪ねるようになりました。日本の大正時代は経済的には発展時期で、日本の作家たちは上海という都市が謎めいて見え、創作の素材を求めて次々に上海を訪れました。

作品を通して日中両国の若い作家たちの夢を呼び覚まし、互いに往来を重ねることを繰り返すことで、一九二〇年代初期の日本文学ブームが起き、日本で田漢が知られることになりました。またこうしたブームを引き起こすのに大きな役割を果たすのに貢献したのは、上海の内山書店社長であり、日比谷の松本楼の社長でした。

日本に留学し上海に戻った文化人、作家、研究者は誰もが内山書店を忘れられないはずです。一方、東京から上海にきた日本の作家、文化人たちは常に紹介状を携えて内山書店社長に会いに行きました。そのため内山完造社長は（中国での名前は鄔其山）田漢と知り合いになってからは、必ず彼に連絡するようになりました。私の父・田洪は上海の中国文化人との連絡役をしていました。日中文化交流は一九二〇年代に一つの高潮期を迎え、数えられないほどの交流の機会が持たれ、多くの日中双方の作家、文化人が参加しました。田漢も上海の家に多くの国内外の文化人を招待し、中日の間で取り交わした手紙、書籍、新聞、雑誌が残されていました。

（三）「珈琲店之一夜」の創作、出版、上演によって斬新な演劇世界を開拓し歩み出しました。それでもさらなる学習と映画の鑑賞を放棄することはありませんでした。映画ファンとして有楽座、浅草富士館、帝国館、築地小劇場、新生座、明治座、歌舞伎座、芸術座などは彼に劇作家となる志を持たせました。

模索を繰り返しながら戯曲の書き方を学び、編集方法を学び、リハーサルというものを学び、監督業を学びました。田漢は初めての舞台上での実践からすでに変わらない目標があり、意思があればどのようなことでも可能であり、どのような戯曲も書けるし、どのような舞台でも試せると自分に言い聞かせるのでした。彼は社会、舞台、脚本、役者から一流の物語、一流の美しいセリフ、一流の生活シーンを模索し続け、日本の東京という場で飽くなき研究を続けました。

珈琲店で学び、新聞で研究し、劇場で鑑賞し、そして机に向かって創作する、これを繰り返し、彼は筆一本と原稿用紙一枚から創作の世界を作り出していく楽しさと幸福感を味わっていました。彼はひるむことなく創作に打ち込み、これ以上に人間の魂を込められる仕事はないと思うようになっていきました、それは東京が彼に与えた啓示でした。

東京が彼に与えたすべてのものを習得、吸収、そして文字に表現していきました。田漢が必要としていたのは社会、生活、大衆からの授業だったのであり、大学の教師ではなかったのです。

中国語、英語、日本語、東京での作品にはこれらの言語が多く使われています。しかし、主要言語は中国語であったことは言うまでもなく、自分の思考と心象風景をもっとも的確に、巧みに表現できました。

舞台役者やモデルに対する強烈な印象と感嘆は東京の七年間に記された彼のすべてに現れている特徴で、役者の松井須磨子、作家の菊池寛、佐藤春夫、谷崎潤一郎がそうでした。また例えば、お茶屋、珈琲店、公園など、なんでもすべて一流であればそれを認めました。親友となった郭沫若との初対面では、東京と福岡と離れていましたが、文学と友情のために学費や生活費を惜しむことなく使って会いに行きました。日本で知り合い、盟友の誓いを立てたのです。

また、従妹の易漱瑜とのかけがえのない初恋は異国で実り、二人の生活は詩のように、童話のように美しいものとなりました。そのため、この七年間は怒涛が押し寄せるように野生的で、しかも誇らしく、そして美しく忘れることのできないものとなりました。この期間の作品には社会的でありながら純粋な作品が多く、創作に費やした時間が多く、創作意欲が大きく、技巧性にも工夫を加えて多くの作品を完成させました。

もう一点、お伝えしたいのは、ペンだけで慈母、弟二人、妻と子を養い、家を支えたということです。私の父・田洪は田漢の下で経理、出納係、会計、料理人でした。

田漢は苦労して著した文章を出版社、雑誌社などに送り原稿料を受けとり、家族を養うために使い、劇社を創設したり、本を購入したりしました。しかし、美味しいものを食べたり、高価な衣服を買ったり、贅沢な生活品を買ったりはしませんでした。このような田漢だからこそ、その人柄が人びとから尊敬され、愛され、永遠に忘れることのできない人物となったのです。

親孝行、思いやり、燃える愛、これらのすべてが演劇の中で育てられ、実現されていきました。すべて田漢の実際の体験があったからこそであり、それを舞台上で演じられるようにできたのは田漢以外にはいないのではないでしょうか。

田漢は七年間の創作上、学問上の研究、探究、追求を通して、その留学機会がどれほど貴重なものであったのか私たちにはよく理解できます。彼は長沙から東京に移住し（七年間で一回だけ長沙に帰郷）、上海に定住し、留学時からの夢を実現していきました。彼は大きな理想を抱き、無限の美しい夢を抱き、上海での奮闘的創作活動を始めたのでした。

彼は易漱瑜との愛の結晶だった息子に海の向こうで授かった男児という意味で「海男」と名づけました。これは愛称で、正式には「田申」で、「申」は上海の別称です。

留学から戻った田漢は、留学中に学んだすべてを創作に活かし、永遠に残る作品は多く、映画『風雲児女』の主題歌の歌詞「義勇軍進行曲」はその代表であり、国歌となっています。

田漢の七年間の留学中、歌が、舞台が、演劇が、詩が、論文がありました。

田漢の七年間の留学中、在日中国人として大量の優秀な作品を発表する劇作家が誕生しました。

田漢の七年間の留学中、有楽町の劇場で監督し、観客から歓迎され、二十四歳の青年劇作家として新聞を賑わしました。

田漢の七年間の留学中、演劇で社会を暴露し、称賛し、舞台を利用して宣伝し、セリフを利用して人間模様を描写しました。

田漢の七年間の留学中、海外の新劇、近代劇、時代劇を理解し、一九二〇年代の中国の旧伝統演劇に導入し、改革し、新しい現代劇を作り、観客の心に届かせました。演劇の偉大さ、奥深さ、無限の魅力を理解させました。

田漢の七年間の留学中、政治、文化、歴史を認識し、大衆化の唯一の方法は文学形式によって社会に呼び掛け、優秀な役者の演技によってあるべき人間模様を完成させました。

彼が東京で言った次の言葉を忘れないでください。

日本語：誕生！　中国のイプセン（Ibsen）新たに出現
英語：A Budding Ibsen In China!
中国語：诞生！　新出世的中国易卜生！

これは講演原稿です。現代劇一一〇周年大会に参加させていただき、とても光栄です。海外の専門家（日本代表）として、勉強するとても良い機会となり、同時に田家に繋がる者として、田漢文化を愛し、田漢文化を伝える者としても、素晴らしい交流ができました。中国の現代劇は日本の有楽町の小さな劇場から始まったという説には十分な根拠があります。

一幕劇　「田漢と李大釗」

二〇二一年三月吉日

二〇二一年、在日華僑が中国共産党建党百周年の式典に合わせ、私（田偉）は一幕劇を創作した。中国共産党創始者の一人、李大釗が東京に留学中、田漢と伯父易象との交流を実話に基づいて創作したものである。

登場人物及び出演者

田漢（周煒）

李大釗（張勝也）

易象（黄実）

易漱瑜＝田漢夫人（呂娟）

郭沫若（李勇強）
郭沫若夫人（中野恵）
佐々木正子（田漢の隣人）（楊華）
郵便配達員（李明暁）
康景昭（黄麗筠）
李初梨（李家豪）
張涤非（菅原雪）
康白情（康爍）

時

一九一七年春

場所

東京

舞台背景

小さい机、椅子一脚。舞台上で自転車のベルの音や車の音が聞こえる。効果音あり。
事務所で仕事中の易象と勉強中の田漢。

字幕に大正時代の東京と南社と書かれている。
日本人の観客には登場人物が馴染みがないため、出演者の背中に名札を貼る。

春の服装。

舞台上、眼鏡をかけている田漢が本を読んでいる。目覚し時計が鳴り、午前七時三〇分になった。ラジオから流れる音、車の音。

田漢が立ち上がり、身をよじりながら、頭を軽く叩いてすっきりさせる。簡単に目の体操をしてから水を飲み、奥の部屋に向かって声を掛ける。

（田漢はコップを持ったまま）「伯父さん、忙しいですか」

（易象が急いで登場する。手に雑誌の『少年中国』を持っている）「おまえはこれをちゃんと読んだかね。どれも良い文章だ。日記に感想を書くのを忘れるなよ」

田漢：「わかりました。伯父さん、ぼく、ちゃんと読みます」

背後の机から原稿を手に取り、真剣な面持ちで伯父に渡す。

田漢：「これ、伯父さんから言われて準備した『少年中国』の原稿です。ちょっと目を通してください。誤字、脱字などは見直したのですが……」

易象：「真面目にやってるようで、結構なことだ。決して時間を無駄にしないように。お前の母親や弟から手紙は来ているか？」

田漢：「来ました」（すぐに鞄から手紙を取り出す）

自転車のベルが鳴り、郵便配達員が四大新聞と雑誌を持ってくる。

郵便配達員：「この家は毎日郵便物が多すぎるよ」とブツブツ言いながら、「（日本語で）すみません、郵便物です」

田漢、高揚した気分で郵便物を受けとり、思わず郵便配達員に一礼する。

易象と二人で新聞を読む。

外から笑い声が聞こえ、田漢の従妹の易漱瑜と同級生の康白情、康景昭、張涤非、李初梨の四人が現れる。田漢の部屋に集まることになっていた。

易漱瑜：白い上着と長いスカートを穿き、白い鞄を持ってとても楽しそうにしている。「こんにちは、田兄さん、お父さん、こんにちは」

康景昭：「お邪魔します」

張涤非：「今日はとってもいい天気」

易象：易象と田漢は同時に立ち上がり二人で玄関に出る。「おお、よく来てくれたね。みんなを歓迎しますよ。今日はとても重要な会で、みんなの将来、そして、中国の運命に関わる重要な会ですからね」

田漢：「漱妹、ここ数日、顔を見せなかったけれどどうしたの」（内緒だが、漱瑜は小さなケーキを田漢に持ってきていた……彼を密かに愛していた）

舞台上、易象先生が右側に立ち、四人の学生が左側に立っている。

易象：「皆さんが来てくれて、とても嬉しいです！　皆さんだけでなく、もっと多くの若者、留学生たちが我々の正義の運動に関心を持ち、支持してくれることを歓迎しています……」

田漢：「どうぞ話を続けてください。今日ここに集まった者たちは国を愛する者たちばかりです。ぼくたちが東京に集まったのは、学業を終えたら帰国し、国を救い、国民のために正義の声をあげるためです」

易象：「旧中国、旧文化、旧社会を一掃し、改革を進めるには、一つの政党が、一つの明確な組織が、マルクス、レーニン主義思想による指導が必要です。李大釗先生はその一人です」

全員：「ああ！　李大釗……」

田漢：「『少年中国』は李大釗先生が創刊した文学的色合いの強い雑誌です。ぼくはもう投稿しました」

康景昭：（走って来て雑誌を手にして）本当？　いいですね。私にちょっと読ませてください。漱瑜、私たち留学生も合同で投稿しよう。革命思想で留学生を指導するのってすごくいいと思う」

漱瑜：「お父さん、田兄さん、私たちも孫中山先生、李大釗先生の精神とその方向性を支持します。旧中国のすべてが人びとを絶望させてしまいました。私たちの国家は私たちの若い世代によって建設していきます！」

隣の佐々木さんの声を全員が聞きつける。

佐々木正子：「（ベルの音）すみません、田さん、いらっしゃいますか」

田漢：「あっ、お隣の佐々木さんだ（とつぶやきながら）、（大声で）は〜い、どうぞ！」

佐々木正子：「あの〜、留学生の皆さんですよね……私ね、今日、おにぎりを沢山作ってしまったの。それで皆さんで食べてくださいな」

全員：「ありがとうございます……」

（ノックの音が聞こえる）

郭沫若：「（ドアの外で）ごめんください、田さん、いらっしゃいますか」

田漢：（みんなに嬉しそうに言う）「なんと、遠方からお客さんが来たようだ」

（走っていきドアを開ける）郭沫若が九州から東京に出てきたのだ。

郭沫若：（驚きながら）「たくさんの学生さんじゃないですか。お邪魔します。（後の女性を差しながら）妻の安娜です」

安娜：「田さん、皆さん、初めまして。どうぞよろしくお願いします」

全員：「郭先生と奥様、よくいらっしゃいました」

易象：「もう一人の文学界の勇者のお出ましだ。以前からお名前は存じていましたよ。あなたたちは若い、日本で多くの優れた文化知識を身につけて、中国に持ち帰り、天地をひっくり返すような変化をもたらしてください。旧中国を倒し、新中国を建設してくださ い！　中国共産党宣言、目的、指導思想は李大釗、陳独秀の二人が定めました。私たちは偉大な目標を立て、巨大な組織を作り、革命の道を歩みましょう！」

郭沫若：「上海から手紙が届きましたか。宗白樺先生が『三葉集』の原稿を送ってくれました。まもなく出版されるはずです」

田漢：「郭さん、私も受け取っています。宗先生が早く出版してくれるのを待っているところです。三人の心の声、思い、追求が一冊の本になるなんて素晴らしいことですよ。皆さんにも是非、読んでいただきたいな……」

全員：「すごく期待していますから、私たち全員、必ず買います。私は出版されることをとっくに知っていました」

郭沫若：「田君、本当に素晴らしいことだね」

田漢：「本当に。東京でこんなに嬉しいことが聞けるなんて」

（俳優が舞台の右側の階段に立ち、包容力のある顔、穏和な声、リズム良く響く言葉が一言一言、会場にいる若者の心に感動を与えている）

李大釗：（手に本を持ち、洋服を着ている）「同士の皆さん、今日、みなさんとお会いできて非常に嬉しいです。中国に大きな変化が起きます。いや、もうその時が来ています。あらゆる主義に理想と実用の二面性があります。例えば、民主主義の理想はどの国でもおおむね似ています。この理想を実際の政治に運用するとなると、その場所、その事の性質、情勢によって異なってきます」

漱瑜：「お訊ねしますが、それでは社会主義はどうなんでしょうか？」

康景昭：「先生、マルクス・レーニン主義は？」

李大釗：「社会主義もまた同じです。科学派も空想派も友好的な精神を基礎にしています。社会主義は共性と個性を統一させた社会制度で、重要なのは相違を尊重し、相違を受け入れることです」

易象：「先生の指導は信頼され、力があります。先生がやろうとしていることは社会主義に関心を持つ同士を集めることです。社会主義思想を研究し、伝えることです。学生の皆さんはどう思いますか？」

康景昭：「今日、多くの先輩に会えて本当に幸運です」

李初梨：「ああ、田漢、郭沫若、李大釗、易象、それぞれの先生は私たちがずっと会いたいと思っていた方たち、とても貴重な機会です！」

張涤非：「漱瑜がここへ連れてきてくれたおかげで、沢山のことを学びました」

全員：「本当にそうです！　私たちは一生懸命に努力してついていきます」

田漢、郭沫若：（一緒に立ち、高揚する気持ちで言う）「私は中国のゲーテになるぞ！　私は中国のシラーになるぞ！　世界は必ず知ることになるはずだ。新中国が世界に向かって歩き出したことを」

李大釗：「まもなく中国に新天地が開けます。私たちの明日のため、未来のために世界中から中華の精英が集まります！　誠実で、信義を守り、友情厚く、善を行い、道徳的な仲間に出会いましょう」

全員：「断固として道義を守り、文章で表現していこう」

郭沫若：「安娜、私たちの福岡の救国団体「夏社」の資料を皆さんに配って……」

安娜：「はい！（すばやく留学生たちに渡す）田さん、どうぞ、見てください」

漱瑜：「田お兄さんが書いている李大釗先生の『少年中国』が届きました。印刷してここにありますから皆さん読んでください」（誇らしげに）

田漢、郭沫若：（互いを笑顔で顔を見合わせながら）「長い道のりで、責任重大ですね」

（全員が二部の資料を受け取る）

田漢：「学生の皆さん、しっかり読んでください」
郭沫若：「時は到来しています」
康景昭：「どのように行動したらいいのですか」
漱瑜：「もちろん中心になる指導者がいるわ！」
李初梨：「ぼくはフランスにいきます……」

（みんなが李初梨の方に目を向ける）

李初梨：「ぼくは東京でみんなと勉強した革命精神をフランスに持っていきます。これはすべての若者の願いです」
田漢：「勉強はやはり私たち世代の目指すものです」
郭沫若：「初梨、フランス行けば大いに視野を広げられるだろう」
全員：「そうです。私たちはどこでも勉強を続け、優秀な中国の留学生になります」
李大釗：「皆さん、決して忘れないでください！　武力には負けない、利益には惑わされないと。人道の警鐘が鳴り、自由の光が現れてきています。未来の地球を想像してみてください。必ず赤旗の世界になります！」

（全員が一斉に李大釗に近づき、彼を見つめる）

全員：「李大釗先生！……李大釗先生！」

李大釗：「民衆の心の声は国家の新生であり、皆さんに期待しています。心を一つにして努力し、留学中の皆さんは必ず祖国に戻ってください」

易象：「私たちは李大釗を忘れない！　李大釗精神は不滅です」

（全員が一列に並び、李大釗精神を唱える）

全員：「李大釗精神は永遠、百年の不滅を記念！　李大釗精神は永遠、百年の不滅を記念！」

田漢作詞、聶耳作曲「卒業歌」の合唱のなか、脚本家の田偉が舞台に上がる。

（幕）

あとがき

親元から離れ、祖国を後にして三〇余年が過ぎました。この間に私なりに奮闘し、三人の子どもと孫六人を育てながら「東方文化芸術団」を創設し、家族の協力も得て公演活動を続けて来ました。

日本で田漢精神を広め、中国国歌を知ってもらい、毎年開催する記念講演会では国歌を歌い、国旗を掲揚してきました。中日友好の架け橋になろうとして中国各地へ出かけ、異文化交流をし、訪中公演は四〇回以上を数えます。

国歌に関連しましては、国歌を作曲した聶耳先生が一九三五年七月一七日に鵠沼海岸で逝去されたため、毎年藤沢市鵠沼海岸にあります聶耳記念碑に行き、「義勇軍進行曲」を歌い、追悼しています。その歌声は中日友好の賛歌となっており、毎年記念行事を主催される藤沢市には感謝するばかりですし、聶耳先生の関係者はもちろん、中国人民も感謝の念を忘れません。

今年は中国共産党結党一〇〇周年にあたり、私は異国の地・日本に住んでいますが、祖国とは運命共同体と考えており、一〇〇年の大きな喜びを記念して著作を刊行し、演奏公演を開催することとしました。

先ず何よりも感謝申し上げたいのは本書に序文をお書きくださった張烔先生、于海将軍、宋宝珍所長、内山籬氏の皆様で、厚く御礼を申し上げます。

また本書で触れました国歌、南社、創造社、田漢、李大釗、易象、郭沫若等々の歴史、足跡は今後も記憶に留められ、長く尊敬の対象になると信じています。

広島の華人、孫明様は私の友人です！　いつも田漢の事を応援したい、将来「田漢記念館」が出来た時は、是非、石碑を贈呈したい、と心からの言葉をいただいています。華人社長の力で実現できる！

父の田洪が私に残した言葉があります。

「人は高いところをめざし、水はひくいところへ流れる」

常に自分に鞭打ち、ひたすら努力するようにとの意味が込められていますが、「義勇軍進行曲」の歌詞にも「前進、前進、前、進進」とあります。

これからも父の言葉と「義勇軍進行曲」の歌詞を忘れず、前に向かって進んで行くつもりです。私の夢は、東京都文京区に「田漢記念館」を造ることです。

二〇二一年六月七日

桜台の書斎にて　田　偉

田家家譜

易象　1913年来日
田漢　1916年来日
田偉　1988年来日

一代目

- 易象
- 易克勤（102歳没）
- 田禹卿（36歳没）

二代目

- 寿昌（田漢・68歳没）
  - 易漱瑜（一人目の妻）
    - **三代目** 田申（海男・長男）
  - 林維中（二人目の妻）
    - 田野（長女）
  - 安娥（三人目の妻）
    - 田大畏（次男）
- 寿康（田洪・88歳没）
  - 陳綺霞（妻）
    - 田邵陽（長女）
    - 田双桂（次女）
    - 田湘瑜（三女）
    - 田海雄（長男）
    - **田偉（四女）李明暁（夫）**
      - **四代目** 美春 — **五代目** 海輝、涼華、健翔
      - 路也 — 新太、莉亜、善太
      - 未来
    - 田燦（五女）
- 寿麟（田源・革命戦死）
  両親、田洪夫妻と共に、長沙にある烈士陵園に葬られた

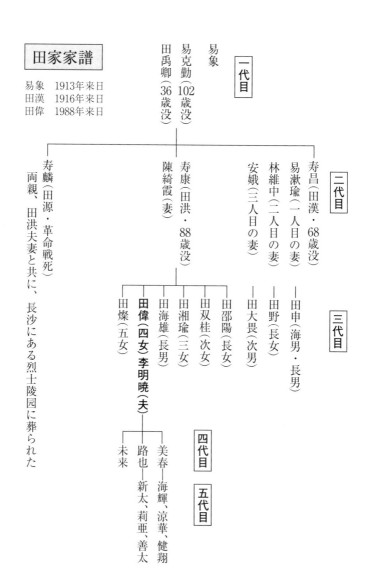

田偉（でん・い）
1952年（龍年）中国湖南省長沙生まれ。1965年湖北省武漢音楽学院入学。1970年湖北省歌舞劇院のバレリーナに。1979年北京中国戯劇協会、中国戯劇出版社に入社。1988年（龍年）来日、1996年〔東方文化芸術団〕設立、兵庫県友好親善大使に任命、全日本湖南省同郷会会長に任命。関西華人時報記者。
CCTV〔謝々了我的家〕、〔非常説名〕に出演。
東京テレビ〔私の奥様は女優〕に出演。
著書：『中国から来た花嫁・田偉』（新風舎）
『百葉一枝花』（神戸新聞出版センター）
『田漢・聶耳　中国国歌80周年』（論創社）

田漢《でんかん》と李大釗《りたいしょう》

2021年12月20日　初版第1刷印刷
2021年12月30日　初版第1刷発行

著　者　田　偉（橋本麗莎）
発行者　森下紀夫
発行所　論 創 社
東京都千代田区神田神保町2-23　北井ビル
tel. 03（3264）5254　fax. 03（3264）5232　web. https://www.ronso.co.jp/
振替口座　00160-1-155266
装幀／宗利淳一
印刷・製本／精文堂印刷　組版／ロン企画
ISBN978-4-8460-2132-0　

田漢　聶耳　中国国歌八十年

田偉 著　本体 1500 円 + 税　ISBN：978-4-8460-1495-7

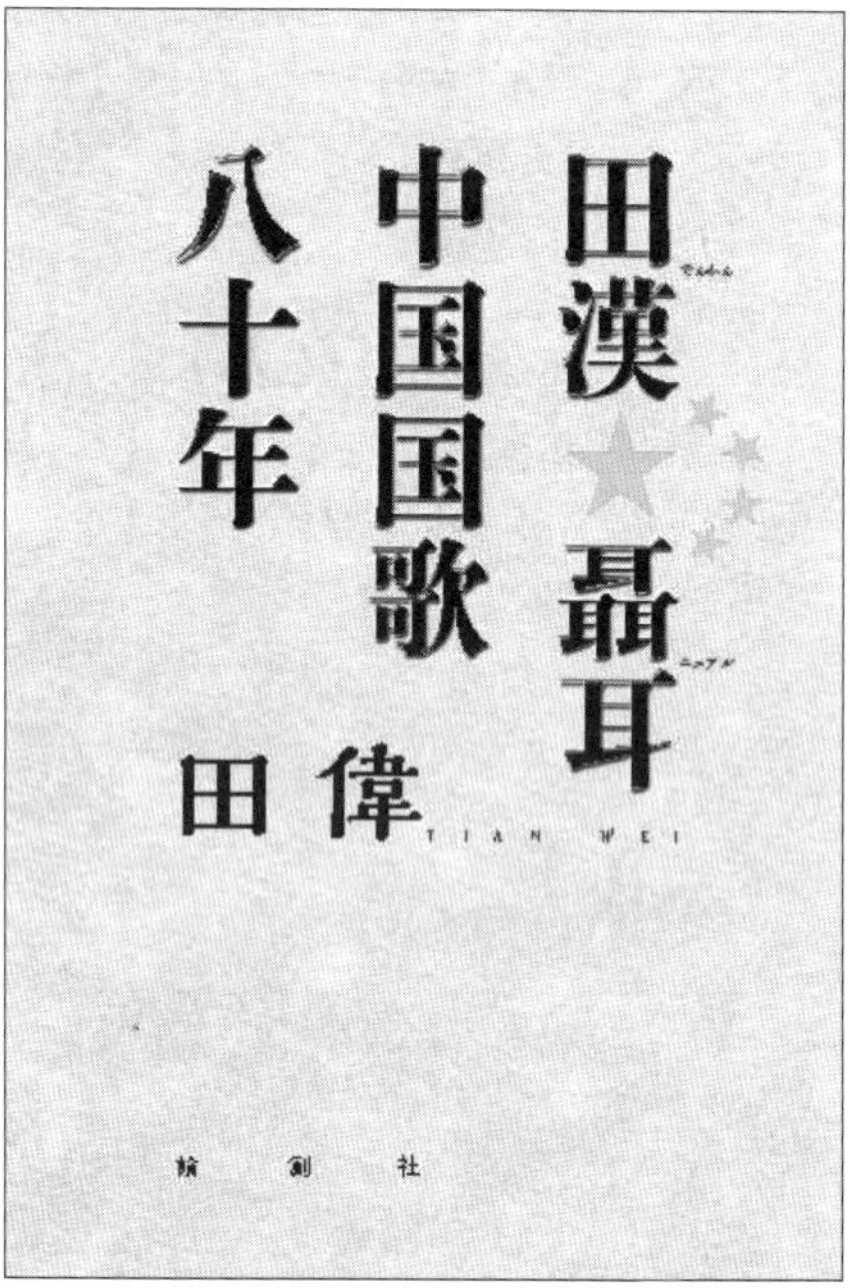

日中友好と東方文化芸術団の結成

2004 年に中国国歌に制定された『義勇軍進行曲』は、1935 年に田漢作詞＝聶耳作曲で作られた。以後の田漢の波瀾万丈の人生を描きつつ、姪である著者自身の日本での生き方を語る。

【主要目次】

第 1 部　作詞者・田漢と作曲者・聶耳　中国国歌の誕生

第 2 部　中国国歌がたどった数奇な運命

第 3 部　「中国から来た花嫁」と呼ばれて